워 오브 머니

WAR OF MONEY

워 오브 머니

밑 빠진 나라 살림,
내 세금을 지켜라

정창수 지음

이매진의 시선 07

워 오브 머니

밑 빠진 나라 살림, 내 세금을 지켜라

1판 1쇄 2020년 1월 10일
지은이 정창수
펴낸곳 이매진 **펴낸이** 정철수
등록 2003년 5월 14일 제313-2003-0183호
주소 서울시 은평구 진관3로 15-45, 1018동 201호
전화 02-3141-1917
팩스 02-3141-0917
이메일 imaginepub@naver.com
블로그 blog.naver.com/imaginepub
인스타그램 @imagine_publish
ISBN 979-11-5531-112-7 (03330)

• 환경을 생각해 재생 종이로 만들고, 콩기름 잉크로 찍었습니다.
• 값은 뒤표지에 있습니다.
• 이 도서의 국립중앙도서관 출판시도서목록(CIP)은 서지정보유
  통지원시스템 홈페이지(http://seoji.nl.go.kr)와 국가자료공동목
  록시스템(http://www.nl.go.kr/kolisnet)에서 이용하실 수 있습
  니다(CIP 제어 번호: CIP2019043427).

WAR OF MONEY

프롤로그

숫자 덕후

전쟁 일지

보여드립니다

세상이 온통 싸움이고 전쟁입니다. 우리가 살아가는 사회에는 갈등이 있기 마련입니다. 갈등은 종종 싸움이나 전쟁으로 번집니다. 갈등의 극단은 전쟁입니다. 전쟁은 새로운 사회를 만들기 위한 진통일 수 있지만, 너무 일방적이라 기득권자들이 움켜쥔 권력을 더욱 단단히 굳히는 구실을 하기도 합니다.

전쟁은 형태도 여러 가지입니다. 막대한 인명과 물자를 쏟아붓는 진짜 전쟁부터 세력 대 세력 사이에 벌어지는 보이지 않는 싸움까지 다양하죠. 과정과 결과를 놓고서 좋은 전쟁과 나쁜 전쟁을 가리기도 합니다.

—

2000년 시민단체 '함께하는 시민행동'에서 일하던 저는 다른 동료 활동가들하고 함께 '밑빠진독상'이라는 예산 낭비 방지 프로젝트를 시작했습니다. 그 뒤 지금까지 해마다 전쟁을 치릅니다. '돈 전쟁War of money'이죠.

경제 전쟁의 핵심에는 예산 전쟁이 자리합니다. 지난 22년 동안 예산이라는 '뜨거운 감자'를 다루면서 저는 우리 사회에 꼭 필요한 좋은 전쟁에 참여(또는 참전)했습니다. 한 달에 한 곳씩 예산을 낭비한 공공 기관을 골라 밑빠진독상을 줬습니다. 잘했다고 칭찬하려고 주는 게 상인데, 이 상은 다들 정말 받기 싫어하더군요. 심지어 화를 내기도 했습니다.

상을 받게 된 이유를 적은 보고서를 내고, 상장과 바닥이 깨진 밑 빠진 독을 들고 가 시상식을 열었습니다. 많은 언론이 주목하고 시민들도 크게 호응했습니다. 이 즐겁지 않은 시상식을 모두 33번 했습니다. 상 받은 사업 중 16개가 중단돼 1조 4000억 원에 이르는 예산을 낭비하지 않을 수 있었죠. 밑빠진독상은 몇몇 교과서에 실리면서 더 널리 알려졌고, 저도 국회를 거쳐 정부와 서울시 등에서 '어쩌다 공무원'으로 일할 기회를 얻었습니다.

밑빠진독상을 처음 진행할 때는 시민이 낸 세금으로 만든 예산을 낭비하는 사람들을 보고 화가 났습니다. 예산의 구조와 본질을 조금씩 이해하게 되면서 생각이 바뀌었죠. 개개인의 비리나 나태는 겉으로 드러난 증상일 뿐이었습니다. 진짜 문제는 구조입니다. 구조 속 개인은 본능이나 욕망에 따라 움직이는 플레이어에 지나지 않았고요.

—

어릴 적 어머니 주머니를 뒤져 손에 쥔 50원짜리 동전을 넣으면 나만의 우주 전쟁이 시작됐습니다. 한 판을 깨면 다음 판이 이어졌죠. 저 끝에 버티고 선 거대한 적은 신경쓸 틈도 없었고요. 지금 내 앞을 가로막는 무수한 적들이 문제였습니다. 한 판 한 판 계속되던 갤러그처럼, 눈앞의 밑 빠진 독 하나를 해결하는 일이 중요했죠. 밑빠진독상은 겉으로 드러나지 않는 거대한 문제에 맞서 싸우는 전쟁, 영원히 계속될지도 모르는 싸움에 참전한 내가 상대에게 주는 선물이었고요.

예산을 둘러싼 여러 현상을 게임이라고 생각하면 이해하기 쉽더군요. 우리가 제기한 예산 문제를 해결해야 하는 쪽도 동기가 욕망이든 가치든 진지한 때가 많았고요. 때로는 여러 이해관계자들이 갈등하고 타협하는 사회의 축소판이 되기도 했죠.

이제 여덟 살이 된 아이하고 부루마블이라는 보드게임을 자주 합니다. 어느 날 이 소중한 돈을 잘 쓸 수 있는 비결이 뭘까 이야기했죠. 아이는 선뜻 알아듣지 못했지만, 무심한 아빠는 나라 살림도 보드게임 하듯이 하면 되겠다고 혼잣말을 했답니다. 어디에 돈을 쓰는지가 장기적으로 게임의 향방을 좌우하기 때문이죠.

단순 소박한 초창기 오락실 게임이나 가족용 보드게임에 견줘 요즘 게임은 많이 복잡하더군요. 따라잡기 힘들 정도예요. 그래도 기본 구조를 파악하면 플레이어의 능력치에 따라 얼마든지 재미있게 즐길 수 있더라고요.

예산을 둘러싼 게임도 행위자가 다양해지고 구조가 복잡해졌습니다. 처음에는 알아듣기 어려울 겁니다. 방법이 없지는 않죠. 나라 살림을 계획하고 집행하고 결산하는 과정의 기본 원리만 알면 됩니다. 돈, 그러니까 세금을 어떻게 더 잘 쓸지를 두고 한번 겨뤄볼 만합니다.

—

저는 22년째 '워 오브 머니'의 전선을 지키며 예산 전쟁을 치르는 게이머입니다. 평범한 시민부터 대통령 후보까지 가리지 않고 예산에 관해 알려주면서 우군을 확보하려 노력했습니다. 숫자로 가득찬 보고서와 미디어를 활용한 공중전도 마다하지 않았죠. 어떤 때는 싸움이 아니라 조언하는 쪽이 나을 때도 있었고요.

그나마 조금씩 이 게임의 본질을 이해하던 사람들이 청와대나 정부에 들어갔으니 상황이 나아지겠지 하는 기대도 해봅니다. 그렇다고 기대만 품고 있을 수는 없죠. 전장이 다르면 싸움의 방식도 다른 법이니까요. 지금까지 많은 활동을 하면서 키운 예산에 관한 전문성과 통찰을 되도록 쉬운 말로 더 많은 사람에게 전해야겠다고 생각했습니다. 날마다 새벽 3시에 일어나 새로운 아이템을 찾고 전투를 준비하는 마음으로 이 책을 썼습니다.

　　출근길에 한 꼭지 보고 퇴근길에 한 꼭지 읽기를 권합니다. 한 달만 지나면 여러분도 예산을 둘러싼 전쟁의 흐름을 알 수 있습니다. 어렵기만 하던 경제 기사가 눈에 들어오고 행간에 숨은 빌런들이 눈에 띈다면 일단 성공이죠. 커뮤니티나 소셜 네트워크 서비스를 돌아다닐 때, 인터넷 기사를 읽으면서 달라진 나를 느낄 겁니다. 눈이 트이고 귀가 열려요. 악플만 달던 내가 조목조목 내 생각을 밝히게 됩니다.

　　유리 지갑 월급쟁이든, 가계부 쓸 틈도 없는 전업주부든, 치솟는 임대료에 지친 자영업자든 상관없습니다. 내 돈보다 더 큰돈을 지키는 게임에 지금 참여하시죠.

Part 2

잘못된 전략
나라 살림
흔들린다

Part 3

나라 살림
갉아먹는
여의도 빌런, 국회

Part 5

나라 살림

샹떼 쓰는

지방 빌런, 지자체

Part 6

나라 살림

흩트리는

에필로그

나라 살림

잘 알아야

WAR OF LOLLY

Part 1

어지러운 던전

나라 살림

거덜난다

열쇠 빼앗긴 주인

어느 동네에 큰불이 났습니다. 미디어는 처참한 화재 현장을 날마다 크게 보도합니다. 주민들은 하필 우리 동네에 불이 났느냐며 두려움에 떱니다.

어떤 사람은 정부를 향해 항의하고 분노하기도 하죠. 곧 화재의 원인이 밝혀집니다. 방화범이 나오거나, 안전관리가 부실했다면 책임자는 처벌됩니다. 사건이 일단락되고 시간이 지나면 우리는 그 일을 새까맣게 까먹습니다. 모두 먹고살기가 바쁘기 때문이죠.

늘어나면 안 줄어드는 공무원 — 파킨슨의 법칙

그거 아세요? 안전사고가 나면 공무원 수가 이상하게 늘어난다는 사실을. 사고가 마무리돼도 늘어난 공무원 수는 계속 유지되거나 더 늘어난다는 사실 말입니다. 나라가 사건이나 사고를 책임지고 관리하려면 당연하지 않냐고요? 꼭 그렇지는 않습니다. 어떤 이유든 정부 조직이 커지기만 하는 상태는 결코 좋은 일이 아닙니다.

'공무원 수는 업무량에 아무 관련이 없다.' 영국 역사학자 시릴 노스콧 파킨슨Cyril Northcote Parkinson이 한 말입니다. 자꾸 부하 직원의 수만 늘리려는 관료제의 속성을 비꼰 거죠. 《파킨슨의 법칙, 또는 진보의 추구Parkinson's Law, or The Pursuit of Progress》(1957)에서 파킨슨은 영국 해군성의 비대해진 조직을 사례로 듭니다.

1914년에는 1차 대전이 일어났습니다. 영국은 너나없이 인정하는 세계 최강국이었죠. 1928년에는 전쟁이 일어날 위험이 가장 적었습니다. 1914년과 1928년의 영국 해군성은 어떻게 다를까요? 두 해의 병력 수치를 비교해보죠. 1914년 영국 해군은 주력함 62척에 병력 14만 6000명이었습니다. 1928년은 주력함 20척에 10만 명으로 크게 줄어들었죠. 함정과 병력이 준 만큼 관리직과 공무원 수도 달라졌습니다. 5249명에서 8117명으로 64퍼센트가 늘었죠. 본청 공무원은 두 배 가까이 늘었습니다. 일거리는 없는데 일하는 사람 수만 뻥튀기된 셈입니다. 퇴치할 대상이 없는데 게임 플레이어들만 할 일 없이 던전에 득시글거리는 상황이랄까요?

늘어나기만 하는 예산 — 점증주의

한국이라고 다를까요? 더 하면 더 했지 덜 하지 않습니다. 지금 농림축산식품부로 바뀐 농림수산부 사례를 살펴보죠. 1995년에 한국개발연구원KDI이 낸 보고서를 보면 농어민 수가 178만 명 줄 때 관련 공무원 수는 5만 2000명 늘었답니다. 10년 전 1985년에 농어민 57명에 공무원 1명에서 농어민 20명에 공무원 1명이 된 셈입니다. 예산은 자그마치 17배 늘었습니다. 20년이 훌쩍 지난 지금은 어떨까요? 농민은 또 절반으로 줄었습니다. 관련 연구가 더 진행돼야 하지만 보고서 한 장 나오지 않습니다. 왜 그럴까요? 이유는 여러분의 상상에 맡기겠습니다.

업무량이 줄어도 공무원 수가 늘어나는 현상이 '파킨슨의 법칙'이라면, 예산이 늘어나는 현상은 '점증주의 이론'이라고 부릅니다. 미국 정치학자 발디머 키[Valdimer O. Key Jr.]가 미국 정부 예산이 꾸준히 늘어나는 현상에서 발견한 이론입니다. 한국에도 적용되겠죠.

2017년 정부 예산에서 새로 편성된 예산은 1.7퍼센트뿐입니다. 설마 하고 되물으실 겁니다. 해마다 비슷합니다. 전체 예산의 1퍼센트 남짓만 새로 편성하고 99퍼센트는 하던 사업을 똑같이 반복한다는 뜻입니다. 지난 10년 동안 예산이 두 배로 점증해서 늘어난 점을 고려하면 내용은 바뀌지 않고 조직만 커진 셈이죠. 문제는 공무원도 국회도, 심지어 시민들도 무슨 엄청난 변화가 있었다고 착각하고 있다는 겁니다.

그 사람들은, 아니 우리들은 왜 몰랐을까요? 자기 일만 보기 때문입니다. 판 전체를 보는 사람이 하나도 없다는 문제가 가장 크죠. 예산을 집행하는 사람들과 세금을 내는 시민들이 보수화돼 1퍼센트짜리 변화도 크게 생각하거나, 아예 이런 현실을 모르기 때문일 수도 있고요.

현실을 모르기 때문일 가능성이 높습니다. 국회에서 공공 부문 일자리를 만든다고 해마다 비슷한 추경 예산을

추경 예산 '추가 경정 예산'의 준말. 예산이 모자라거나 특별한 사유 때문에 이미 성립된 본예산(한 회계 연도에 쓸 연간 예산으로 처음에 편성된 예산)을 변경해 다시 정한 예산.

짜도 우리는 뉴스만 흘깃 보고 지나갑니다. 공무원 조직과 예산이 확장되는 현상은 파킨슨과 키가 말한 대로 본성이라고 칩시다. 그렇다고 예산의 주인인 국민이 넋 놓고 나 몰라라 해서는 안 되겠죠.

나라 살림 주인의 나라 살리기 — 예산 전쟁

나라 살림의 주인은 바로 시민입니다. 우리가 낸 세금이잖아요. 나라 살림의 열쇠는 시민이 쥐어야 합니다. 지금은 비대해진 조직, 관료제에 국민이 밀린 상황입니다. 텔레비전에 나오는 여야 의원들의 예산 전쟁을 보면서 거실 소파에 편안히 누워 혀만 끌끌 차고 있겠습니까? 나라 살림이 잘 꾸려지는지, 잘 쓰이는지 게임에 직접 뛰어들어 감시하고 지켜보시겠습니까?

우리는 게임을 지켜보는 방관자가 아닙니다. 나라 살림을 잘 꾸려가라고 세금을 내어 국회의원과 공무원을 고용하는 고용주입니다. 나라 살림의 열쇠를 단단히 붙잡으려면 주인이 제자리를 되찾아야 합니다. 나라 살림에 관심을 쏟고 무지와 착각에서 벗어나야 합니다. 예산 정책을 수립하고 실행하는 과정에 직접 '참여'해야 합니다. 참여만이 우리가 나라 살림의 주인이 돼 나라를 살리는 길입니다.

자, 본 게임에 뛰어들 마음의 준비 되셨나요? 예산 전쟁 클리어, 지금부터 시작합니다!

4대 보험, 줄줄이 오르고 줄줄이 새고

얼마 전, 건강보험 납부 고지서를 받았습니다. 보험료가 조금 올랐더군요.

"아, 또 올랐구나. 다른 요금들도 줄줄이 오르겠지?"

몇 천 원 오른 보험료에 화나다가도 며칠 전 병원 다녀온 일을 생각하면 아깝지 않습니다. 제가 낸 보험료로 아이들 감기도 치료하고 크고 작은 수술까지 하는 등 편리한 의료 체계의 혜택을 받으니까요.

그런 혜택이 엉뚱한 곳으로 흘러간다면 이야기는 달라집니다. 내가 열심히 낸 건강보험료가 다른 나라 사람에게 돌아간다면 고지서를 찢고 당장 납부 거부를 할지도 모릅니다. 차곡차곡 게임 레벨을 쌓아놓았는데 아이디가 해킹 당해 무용지물이 되면 얼마나 억울할까요. 게다가 그 혜택을 다른 사람이 누린다면 분노 대폭발이겠죠.

의료 한류? ─ 몰려드는 외국인 결핵 환자들

한국에 결핵 환자들이 몰려들고 있답니다. 무슨 이야기냐고요? 한국 사람이 아니라 외국인 결핵 환자들이 질병을 치료하러 한국에 들어온다고 합니다. 2007년 791명, 2016년 2940명에 이르는 외국인 결핵 환자가 한국에 왔습니다. 3배가 늘어났죠. 한국인 환자는 같은 기간에 13만 명에서 8만 명으로 줄었는데 말이죠. 왜 이런 일이 벌어진 걸까요?

한국은 경제협력개발기구OECD 회원국 중에서 결핵 발병률이 1위였습니다. 이런 오명을 씻으려고 보건복지부가 결핵 퇴치에 앞장섰습니다. 2016년에는 아예 결핵 환자는 본인 부담금을 받지 않기로 했죠.

여기에서 꽤 비싼 결핵 치료비가 문제가 됩니다. 환자 한 사람을 치료하려면 일반 결핵은 700만 원, 내성 결핵은 3000~5000만 원이 듭니다. 본인 부담금이 없어진 덕에 입원 환자는 밥값의 반만 내면 됩니다. 싼값에 병을 치료하게 된 만큼 분명 좋은 일이죠. 그런데 그런 혜택이 건강보험료를 한 푼도 내지 않은 외국인에게도 돌아간다면? 건강보험료를 낼 때마다 억울하지 않을까요?

질병 치료를 하려고 들어오는 외국인 결핵 환자를 가려내느라 정부도 노력은 합니다. 결핵균이 없다는 증명서를 떼어야 입국을 허용하는 특단의 조치도 했습니다. 그렇게 해도 여행 등 단기 입국자는 걸러지지 않습니다. 복잡하게 생각하지 말고 외국인 대상 무료 치료 혜택을 한꺼번에 없애면 되지 않느냐고요? 틈새를 노려 고국에서 값싼 의료 혜택을 받고 있는 재외 동포들이 들고 일어날지도 모릅니다. 간단한 문제는 아니죠.

내 코가 석 자 — 4대 보험 사각지대부터 없애야

우리가 누리는 복지 수준은 다른 나라에 견줘 넉넉한 편이 아닙니다. 내 코가 석 자라 남 퍼줄 여유가 없습니다. 국내 총생산 대비 복지 지출은 다른 나라의 절반 정도죠. 살면서 언제 복지가 가장 필요할까요? 실직하고, 아프고, 나이

들고, 다친 때입니다. 실직한 때는 고용보험, 아픈 때는 건강보험, 나이든 때는 국민연금과 공무원연금, 사학연금 같은 직역 연금, 다친 때는 산재보험이 있습니다.

직장을 구할 때 꼭 알아보는 '4대 보험'이 바로 고용보험, 건강보험, 국민연금, 산재보험입니다. 위기가 닥칠 때 나와 가족을 지켜주는 최소 안전장치라고 할 수 있죠. 이런 4대 보험에도 사각지대가 있습니다. 비정규직은 고용보험과 산재보험을 꿈도 꾸지 못합니다. 비정규직으로 일하다가 직장에서 사고가 나면 산재 처리를 받기가 쉽지 않습니다. '4대 보험 미가입'이라는 조건은 은행 대출 창구에서도 불리합니다.

4대 보험 사각지대에 놓인 사람들 중에서도 차상위 계층이 문제가 됩니다. 가장 소득이 적은 계층은 '기초생활보장 제도'를 거쳐 수급권자가 될 수 있습니다. 중산층은 4대 보험 덕에 복지를 누릴 수 있죠. 차상위 계층과 기초생활 미수급권자는 어떻게 될까요?

가장 소득이 낮은 기초생활 수급권자를 빼면, 소득만 볼 때 복지 혜택을 안 받아도 되는 중산층이 오히려 더 많은 혜택을 보는 기이한 구조가 형성돼 있습니다. 레벨이 가장 높은 플레이어가 낮은 플레이어보다 좋은 갑옷과 무기

> **두루누리 사회보험 지원 사업** 10인 미만 영세 소기업과 소상공인의 경영 부담을 덜어주려고 정부가 고용보험료와 국민연금의 일부를 지원하는 사업. 지원 기간은 최대 3년이다.

를 장착해 게임 진행을 더 유리하게 만드는 상황인 셈이죠.

불평등한 보험 체계를 고치려고 정부도 여러 정책을 내놓고 있죠. 먼저 소규모 사업장에 4대 보험료를 지원하는 '두루누리 사업'이 있습니다. '국민연금 크레딧 제도'의 강화, '근로장려세제' 강화 등도 떠오르죠. 특히 국민연금 크레딧 제도는 두 자녀 이상을 낳은 사람에게 12개월 이상의 국민연금 가입을 인정하는 출산 크레딧, 병역을 마친 사람에게 6개월을 인정하는 군복무 크레딧, 구직 급여자에게 12개월 동안 75퍼센트의 보험료를 지원하는 실업 크레딧을 운영합니다.

줄줄 새는 밑 빠진 독은 바꿔야

4대 보험에 관련된 불만은 여전히 풀리지 않고 있죠. 당장 국민연금이 언제 바닥날지 모르는 상황이라니 정책을 실행하는 사람들을 전적으로 믿을 수가 없습니다. 가장 좋고 쉬운 해법은 정부가 '투명'하게 보험 정책을 알리는 겁니다. 나라 살림의 주인인 시민은 정책이 제대로 된 방향으로 가고 있는지 살펴야 합니다. 감시해야 합니다. 정부는 전국민 4대 보험 가입을 전제하고 사각지대에 놓인 미가입자들에게 최저 소득 기준의 사회보험료를 지원하면 되고요.

예산은 잘 걷어서 잘 나누라고 짜는 겁니다. 어느 한쪽에 쏠리거나 부당한 혜택이 돌아가면 싸움이 벌어질 수밖에 없죠. 내가 낸 세금이 어떻게 쓰이는지 두 눈을 크게 뜨고 지켜봐야죠. 그래야 낭비가 없고 불만도 사라집니다.

에스오시, 과유불급과 적재적소 사이

'○○시, 생활 에스오시soc 복합화 국비 공모 4개 사업 선정!' 이런 이야기 들은 적 있죠? 요즘 부쩍 여기저기서 들리는 에스오시, 익숙한 말인가요? 좀 낯설죠. 사회간접자본Social Overhead Capital의 준말입니다. 사회간접자본이라는 말도 어렵기는 마찬가지죠? 쉽게 말해 생산 활동과 소비 활동을 직간접으로 연결하는 자본을 가리킵니다.

생산하고 소비하려면 우리는 먼저 이동을 해야 합니다. 이때 도로, 항만, 공항, 철도 같은 교통 시설이 필요하죠. 전기, 통신, 상하수도, 댐, 공업 단지가 없으면 생산과 소비 활동을 할 수 없습니다. 범위를 더 넓혀볼까요? 우리가 알게 모르게 누리는 공기나 물 같은 자연도 에스오시에 들어갑니다. 법률 체계나 교육 같은 사회 제도도 몽땅 에스오시에 들어가죠.

에스오시, 과유불급?

생활 에스오시가 뭘까요? 사람들이 먹고 자고 교육받고 일상을 누리는 데 필요한 모든 인프라를 가리킵니다. 체육관, 도서관, 문화센터, 어린이집, 주차장 등을 떠올리면 됩니다. 잠깐 주변을 둘러보세요. 아파트 안에 주차장이 있고 길 건너에 아이가 다니는 어린이집이 보일 겁니다. 집에 어른이 계시면 노인정도 다니실 테고, 가족들이 책을 좋아하면 동네 도서관도 종종 가겠죠. 우리는 모두 생활 에스오시의 혜택을 알게 모르게 누리며 살아갑니다.

생활 에스오시가 예산 정책에서 논란이 되고 있습니다. 지난 몇 년 동안 정부 예산안을 보면 에스오시 예산은 꾸준히 줄어드는 중입니다. 줄어드는데 왜 논란이 될까요? 에스오시 축소가 경기 위축을 불러일으키지 않을까 염려하는 목소리 때문입니다. 정부와 여당은 그럴 염려는 없다

지 20　'지세븐'과 유럽연합 의장국, 신흥 시장 12개국 등 주요 20개국 정상이나 재무 장관, 중앙은행 총재가 모여 세계 경제 현안을 논의하는 국제기구. 1999년 12월 독일에서 첫 회의를 연 뒤, 2010년 11월 서울에서 5차 회의를 열었다. 1그룹(미국, 캐나다, 사우디아라비아, 오스트레일리아가), 2그룹(러시아, 인도, 터키, 남아프리카공화국이), 3그룹(브라질, 아르헨티나, 멕시코), 4그룹(영국, 프랑스, 독일, 이탈리아), 5그룹(한국, 일본, 중국, 인도네시아)로 나뉜다.

고 말합니다. 에스오시는 이미 과잉 상태라 분야 간 형평성을 고려할 때 에스오시 예산을 더는 늘리면 안 된다는 거죠. 주요 20개국^{G20}에서 한국은 에스오시 규모가 대단한 나라입니다. 국토 면적 대비 고속도로 연장이 1위이고, 국도도 2위입니다. 토목으로 재건된 나라답지 않습니까?

토목 에스오시에서 생활 에스오시로

토목이나 건설 같은 전통 에스오시 예산이 줄어들면서 생활 에스오시 예산도 줄어들었을까요? 요즘 지방자치단체들은 도시 재생 사업을 따내려고 아주 치열하게 경쟁합니다. 먹잇감을 잃고 헤매던 대기업 건설사들도 옳다구나 하고 문화 기획자로 변신해 들러붙고요. 아파트가 공방과 카페로 바뀌었죠.

겉만 달라지고 속은 비슷합니다. 호박에 줄 긋는다고 수박이 되지는 않잖아요. 지역 주민의 삶의 질을 고려하기보다는 기업과 지자체의 이익만 내세우는 행태가 도시 재개발하고 똑같다고 비판을 받죠.

생활 에스오시가 필요하다는 데에는 사회적 합의가 어느 정도 됐습니다. 내 집 가까운 곳에 편리한 시설이 들어선다는 데 마다할 이유가 없죠. 정부는 여가 활력, 생애 돌봄, 안전과 안심 등 3대 분야에 걸쳐 2022년까지 30조 원, 지방비까지 포함하면 48조 원을 들여 삶의 질을 높일 계획입니다. 아무리 뜻이 좋아도 방향이 잘못되고 실행 과정이 불투명하면 말짱 도루묵입니다. 지금도 지방자치단체가 운영하는 공공시설은 적자를 많이 내고 있습니다. ○○기념관, ○○박물관 등이 우후죽순 생기면서 관광객을 끌어들이기는커녕 흉물이 된 사례도 종종 보이죠.

공약은 적자를 낳고, 적자는 예산 낭비를 낳고

문화, 체육, 복지 시설은 2014년 619개에서 2017년 737개로 늘었습니다. 그만큼 적자도 늘었습니다. 전체 지자체가 기록한 운영비 적자 규모는 2014년 4904억 원에서 2017년 7655억 원이 됐죠. 그래도 정부는 생활 에스오시를 계속 늘린다고 합니다. 이미 적자를 보는 곳에 새 시설을 더 짓는다는 말인데, 예산 낭비는 불을 보듯 뻔합니다.

생활 에스오시가 선거용 선심 풀기로 악용될 수 있다는 점도 문제입니다. 지역 국회의원이나 관료들에게는 뿌리칠 수 없는 달콤한 사탕이죠. 전통 에스오시보다 덩치는 작지만 몇 십억에서 몇 백억이 왔다갔다합니다. 주민의 삶의 질을 끌어올리고 지역 경제를 살리겠다는 공약을 내세우기 딱 좋죠.

생활 에스오시 예산을 따내려고 지자체들 사이에서 벌어지는 전쟁도 치열합니다. '악마는 각론에 숨어 있다'고 하죠. 과열 경쟁은 집행 과정에서 문제가 끼어들 틈새를 얼마든지 만듭니다.

테트리스, 적재적소의 미학

추억의 오락실 게임 '테트리스'를 아시나요? '라떼는 말이야' 50원만 내면 오래도록 즐길 수 있던 블록 쌓기 게임입니다. 테트리스를 하다 보면 긴 막대기 블록이 나올 때가 있습니다. 긴 막대기 블록 하나면 두텁게 쌓인 블록을 단번에 없앨 수 있죠. 그 쾌감은 지금도 잊기 어렵습니다.

급한 마음에 이리저리 왔다갔다하다가 엉뚱한 데 잘못 꽂으면 큰일납니다. 아차 하다가 게임은 금방 아웃이죠. 위축된 경기를 에스오시로 불붙게 하거나 지역 주민들 환심을 사려다가 자칫 낭패를 볼 수도 있다는 말입니다.

'어디'보다 '어떻게'가 중요합니다. 어떻게 쓰느냐에 따라 약도 되고 독도 됩니다. 그래서 돈이 무섭습니다.

내가 붙인 담뱃불, 건강보험 빨간불

몇 년 전부터 금연하는 식당이나 카페가 많아졌습니다. 담배 피는 사람들은 투덜대며 어두운 골목으로 밀려났죠. 2015년 1월에는 담뱃값이 2500원에서 4500원으로 크게 올랐습니다. 5000원이면 두 갑을 살 수 있었는데 이제는 만 원 가까이 줘야 하니 거의 두 배가 된 셈입니다. 이번 기회에 담배를 끊자고 다짐한 사람들도 꽤 많았습니다. 지금은 어떤가요? 글쎄요, 정부가 야심만만하게 내놓은 금연 정책은 어째 실패로 돌아간 듯합니다.

4500원? 8500원!

질병관리본부는 2009년 이후 떨어지던 흡연율이 2016년을 기점으로 다시 오르기 시작했다고 발표했습니다. 공공장소 흡연 금지, 담뱃값 2배 인상 같은 극단적 조치에도 흡연율이 상승한 결과는 이런 대책이 소용없다는 반증이죠. 흡연율 상승은 예견된 일인지도 모르겠어요. 흡연자들은 빠르게 4500원이라는 가격에 적응했습니다. 좀 비싸졌다고 날마다 즐기던 기호 식품을 포기할 수는 없죠. 다른 씀씀이를 좀 줄이면 되니까요. 4500원이 아주 비싼 가격도 아니고요. 한국의 담뱃값은 아직도 다른 선진국의 4분의 1 수준입니다.

금연 정책이 실패한 대신 엉뚱한 곳에서 성과가 납니다. 세금이 더 걷힌 거죠. 2014년 7조 원이던 담배 관련 세수는 2015년 10조 5000억 원을 거쳐 2016년 12조 3000억원 정도로 늘었습니다. 전체 세금의 3.6퍼센트가 담뱃세죠. 예산정책처는 담배 한 갑 가격을 적어도 8500원으로 올려야 흡연율을 낮출 수 있다고 주장했습니다. 기획재정부는 콧방귀를 뀌며 2000원만 올려도 충분하다고 말했죠. 결과는 예산정책처가 완승한 셈이죠.

문제집도 사고 불량 식품도 먹고

예산을 어디에 쓰는지 보면 담뱃값을 올린 이유를 알 수 있습니다. 어린 시절에 어머니에게 문제집 값을 달라고 할 때 뻥튀기한 이유가 다 있죠. 문제집도 사고 불량 식품도 먹고 싶잖아요. 담배 부담금 3조 원에서 금연 예산으로 쓰인 금액은 담뱃값이 오르기 전인 2014년이나 오른 뒤인 2015년이나 별 차이가 없었습니다. 금연 예산으로 써야 할 돈이 전혀 다른 분야인 원격 의료 예산으로 쓰이기도 했죠. 박근혜 정부가 돈이 필요해서 담뱃값을 올렸다는 의견이 많습니다.

전문가들은 금연 정책을 펴려면 좀더 확실하게 가격을 올려야 한다고 주장합니다. 몇 년에 한 번씩 올리는 정도는 별 효과가 없다는 거죠. 담배 판매량은 가격이 인상된 시점에 잠깐 주춤하다가 1~3년 뒤 다시 회복됩니다. 오스트레일리아처럼 물가 상승률에 담뱃값을 연동하자는 주장도 있습니다. 담배 광고와 판촉을 더 규제하고 금연 지원 서비스나 금연 캠페인 등 비가격 규제를 강화하는 방법도 제시되죠.

내가 붙인 담뱃불, 건강보험 빨간불

금연 정책은 실패했지만 세수 확보는 성공했을까요? 안타깝게도 아닙니다. 일단 건강보험 재정에 빨간불이 켜졌습니다. 흡연 때문에 건강보험이 지출하는 재정이 꾸준히 늘고 있습니다. 2016년 자료를 볼까요? 흡연과 음주로 지출된 진료비는 5조 원을 넘어섰습니다. 그중 4조 원을 건강보험이 지출하고 나머지는 개인이 부담했습니다. 건강보험 재정의 8.2퍼센트를 차지하는 어마어마한 금액입니다. 4조 원에서 2조 2091억 원이 담배 때문에 발생한 지출입니다. 수혜자 중에는 50대와 60대 흡연자들이 각각 498만 명과 533만 명으로 가장 많습니다.

담배에는 건강보험 재정에 지원하라며 건강증진부담금이 부과됩니다. 그런데 지원액보다 건강보험 지출액이 훨씬 많습니다. 병 주고 약 주기도 안 되는 터무니없는 상황입니다. 흡연 치료가 건강보험 재정에 악영향을 끼치니 자연스레 건강보험료도 오릅니다.

누가 손해일까요? 당연히 담배 근처도 안 가본 비흡연자겠죠. 이렇게 예산 정책의 속살을 가만 들여다보면 부적절하고 불공평한 상황이 종종 드러납니다. 담뱃값 인상은 우리가 낸 세금도 잃고 건강도 잃는 정책이 되고 말았죠. 궁금해집니다. 돈도 잃고 건강도 잃는 담배를 왜 자꾸 팔까?

기재부는 벌고 복지부는 쓰고

재미있는 이야기 하나 들려드릴까요? 일제 강점기에 입건된 조선인 형사범을 조사한 결과, 그중 3분의 1은 담배와 술을 팔았다고 합니다. 담배와 술을 마음대로 만들어 팔던 조선인들은 담배를 전매하는 일제를 납득할 수 없었죠. 일제는 담배뿐 아니라 아편까지 팔면서 돈을 마련했습니다. 그 돈으로 철도처럼 조선을 개발하는 데 필요한 재정을 충당했죠. 전매 제도는 해방 뒤에도 이어졌습니다. 전

매청이라는 공무원 조직이 배턴을 이어받아 담배를 팔기 시작했고, 그 뒤 공기업인 담배인삼공사로 권한이 넘어왔습니다. 이 흐름은 여러분이 다 아는 케이티앤지KT&G로 이어지고 있죠.

이 이야기를 왜 하느냐고요? 세수를 확보할 생각에 건강에도 도움이 안 되고 크게 보면 나라 살림에도 보탬이 안 되는 담배 사업을 계속 유지해야 하는지 의문을 품어보자는 겁니다. 기재부는 돈 벌고 복지부는 돈 날리는 상황이 반복돼야 할까요? 정부와 관료가 보는 손해는 시민이 보는 손해나 다름없습니다. 어느 한쪽만 보지 말고 양쪽을 모두 보는 지혜가 필요합니다. 넓은 시야와 공정한 판단, 게임을 승리로 이끄는 가장 기본인 전략입니다.

적폐 청산과 워 오브 머니

예산안은 해마다 짜야 합니다. 예산안을 국회가 의결해야 하는 법정 시한은 12월 2일이고요. 그렇게 법으로 정해놨는데도 국회의원들은 아랑곳하지 않습니다. 예산안 심의는 의원들 사이의 의견 차이 때문에 막판까지 진통을 겪는 사례가 허다합니다. 아주 지겨울 정도로 말이죠.

2018년 예산안 심의도 마찬가지였습니다. 심의가 거의 끝나가던 11월 30일, 예산결산특별위원회 더불어민주당 간사인 윤후덕 의원 사무실에 법무부 관계자가 다급하게 들어왔죠. 예산 증액을 요청한다는 겁니다. 바로 전날 나온 구로 농지 사건 관련 대법원 판결 때문이었죠.

50년 걸린 적폐 청산 — 구로 농지 사건

지금 구로디지털단지는 번쩍번쩍한 빌딩들이 들어선 최첨단 동네이지만 예전에는 공장으로 가득한 공업 단지였습니다. '구로공단'이라고 불린 이곳은 1950년대에 땅 없는 농민들에게 분배됐죠. 한국전쟁이 일어나기 직전에 실행된 농지 개혁의 하나인 듯합니다.

한국전쟁이 끝나고 1960년대에 이 땅을 구로공단으로 개발하면서 문제가 터졌습니다. 정부가 농민들이 지닌 토지 소유권을 강제로 빼앗은 겁니다. 2008년 '진실·화해를 위한 과거사정리위원회'(과거사위)는 '국가의 소유권 포기 강요 행위'를 인정합니다. 손해를 본 농민들 후손인 상속인들이 국가를 상대로 토지 소유권 침해에 따른 손해 배상 청구 소송을 제기했고, 오랫동안 진행된 재판이 2018년 11월 29일에 끝난 겁니다.

국회는 발칵 뒤집어졌습니다. 재판 결과에 따라 6건에 관련해서 국가가 이자를 포함해 3000억 원을 물어줘야 하기 때문이었습니다. 소송이 진행 중인 26건도 거의 같은 결과가 나올 듯한 만큼 거의 1조 원에 이르는 예산을 확보해야 하는 상황에 몰린 셈이었죠. 정부가 배상을 미루면서 지연 이자까지 발생해 더 큰돈이 필요해졌습니다.

다들 발등에 불이 떨어졌다며 발을 동동 굴렀지만 수십 년 동안 진행된 재판을 거치면서 피해자들이 겪은 고통에 견줄 수 있을까요? 몇 달에 한 번씩 법원에 가서 소송 수계인 중 사망자가 발생한 사실을 신고해야 하는 심정을 누가 헤아릴 수 있을까요? 구로 농지 사건은 박정희 시대의 폭력과 무책임이 지금까지 이어져 많은 사람을 고통에 시달리게 한 대표 사건의 하나입니다.

나만 아니면 돼 — 안일한 대응과 무리한 소송

1960년대에 일어난 얼룩진 과거사를 한풀이하는 데 50년 이라는 긴 시간이 걸린 이유는 뭘까요? 사건의 진실이 뒤늦게 밝혀진 탓도 있지만, 첨예하게 대립한 소송이 한몫했습니다. 국가는 상소를 거듭하며 최후의 순간까지 배상액을 낮추려 했죠. 책임을 피하려 하는 비겁한 행위는 막대한 이자 부담이라는 부메랑으로 돌아왔습니다.

요즘 국가 배상금을 지급하는 현황을 살펴보면 예비비에서 많은 부분을 집행한다는 점을 알 수 있습니다. 2014

년에는 미리 책정된 236억 원보다 9배나 많은 1800억 원을 쓰기도 했죠. 이상한 점이 있습니다. 2018년 기준으로 국가 배상금 예산안은 여전히 1000억 원입니다. 적폐 청산 분위기에 맞춰 요즘 국가 배상금 지급 사건이 빠르게 늘고 있는데도 정부는 왜 관련 예산을 편성하는 데 소극적일까요? 이자 부담이 분명히 늘어날 텐데 왜 무리하게 소송에 대응하고 있을까요?

국회도 정부가 안일하게 대처하고 있다고 지적합니다. 〈2018년 예산안 국회 검토 보고서〉를 보면 더 확실히 알 수 있습니다. 2017년 9월을 기준으로 재판에 계류 중인 3억 원 이상 고액 국가 배상금 현황을 보면, 구로 농지 사건과 과거사 사건 등 11건에 걸쳐 원금 1500억 원과 지연 손해금 2500억 원 등 4100억 원에 이릅니다. 1000억 원으로는 턱도 없는 일입니다. 충분히 예측할 수 있는 금액인데도 미리 준비를 하지 않아서 더 많은 비용을 물게 된 만큼 틀림없는 직무 유기입니다. 정부가 안일하게 대응해서 피해자인 국민을 더 큰 고통 속에 몰아넣을 뿐 아니라 혈세까지 낭비한 겁니다.

국가 배상금 지급 문제하고 비슷한 사례가 또 있습니다. 바로 형사 보상입니다. 형사 보상은 법원의 무죄 판결

> **배상과 보상** '배상'은 남의 권리를 침해한 자가 위법 행위에 따른 손해를 물어주는 행위. '보상'은 국가 또는 공공 단체가 적법한 행위에 따라 국민이나 주민에게 끼친 재산상 손해나 손실을 보충해 주는 행위.

또는 검사의 불기소 처분을 받은 피고인이나 피의자에게 형사 보상금을 지급하고 무죄 판결이 확정된 피고인이나 변호인에게 필요 경비를 지원하는 사업입니다. 2018년 예산안에는 275억 원이 편성됐습니다. 형사 보상도 국가 배상금처럼 예산안에서 부족한 부분을 예비비로 끌어다 씁니다. 2014년에는 140억 원을 편성했는데, 나중에 모자라자 예비비에서 741억 원을 끌어다 썼습니다.

국가 배상금이나 형사 보상이나 왜 똑같은 실수를 또 저지르고 잘못된 판단을 되풀이하는 걸까요? 재주는 곰이 부리고 돈은 왕 서방이 번다고 하죠. 피해는 힘없는 국민이 당하고 우리가 내는 세금은 변호사나 기업, 공무원들 주머니로 들어가는 셈입니다.

타이밍, 예산 낭비와 예산 절약 사이

적폐는 구조에서 생겨납니다. 지난날 불필요하고 불가피한 악이 있었다면 지금이라도 적극 나서서 해결해야 합니다. '귀차니즘'에 젖은 관료들이 매번 똑같은 예산안을 짜 엉뚱한 곳에서 세금을 끌어다 쓰지 않게 하려면 우리부터 정신을 바짝 차려야 합니다. 사실상 결론이 난 국가 배상 사건은 빨리 배상과 보상을 해 해결해야 피해자가 겪는 고통을 줄이고 세금을 아낄 수 있습니다.

내가 이 자리에 있는 동안 돈 나갈 일은 무작정 피하자는 알량한 심보를 품은 관료가 있다면 기꺼이 채찍을 듭시다. 시민들의 매서운 눈과 목소리만이 그 게으른 관료들을 움직이게 할 수 있습니다.

WAR OF OTTY

Part2

잘못된 전략
나라 살림
흔들린다

분수 경제 아니라 물레방아 경제

경제를 돌아가게 하는 3주체는 뭘까요? 가계, 기업, 국가입니다. 이 3주체 사이에서 돈이 잘 돌아야 경제도 잘 돌아갑니다. 어느 한쪽이라도 삐걱거리면 당장 전체에 문제가 생깁니다.

가계 대출이 급증해서 사람들이 쓸 돈이 마땅치 않으면 경제는 '돈맥 경화'에 걸립니다. 잘나가던 기업이 하루아침에 도산하면 관련 산업까지 휘청거립니다. 20세기 말 국제통화기금IMF 사태 같은 국가 부도 사태가 지금 또다시 일어나면 정말 아찔하겠죠?

돌고 돌아 커지는 파이 — 물레방아 경제

한국 경제가 마주한 가장 큰 문제는 이 3주체의 균형이 점점 깨지고 있다는 점입니다. 가계 소득은 제자리이거나 오히려 줄어들고 있는데 기업 소득은 급증합니다. 기업에 쌓인 돈이 저절로 가계로 흘러드는 낙수 효과를 기대하지만, 현실에서 그런 일은 잘 일어나지 않습니다. 기업이 돈을 꽁꽁 싸매고 잘 풀지 않기 때문입니다. 돈이 돌고 돌 때 나라 살림이 제대로 돌아갑니다. 어느 한쪽이 쌓아두기만 하면 안 되겠죠.

나라 살림을 잘 순환시키려고 정부는 법인세 인상 카드를 꺼냈습니다. 2018년 예산에 반영된 세제 개편안은 재벌 기업이 내야 할 법인세를 2퍼센트 가까이 올렸습니다. 지금까지 재벌 대기업이 누리던 특혜를 줄이자는 계획이었죠. 소득 10억 원이 넘는 고소득층도 소득세가 인상됐습니다. 대기업과 보수 언론은 세계적 추세를 거스르는 조치라고 목소리를 높였습니다. 법인세 인상은 정말 거꾸로 가는 정책일까요?

법인세 인하는 한때 대세였습니다. 2009년 글로벌 금융 위기가 닥치기 전까지는 어느 정도 들어맞았죠. 시간

> **실효세율** 세액의 과세 표준에 대비해 납세자가 실제로 부담하는 비율. 기업은 감면세액과 공제세액을 차감한 실납부세액으로 법인세 실효세율을 계산한다.

이 지나면서 재정 안정을 목적으로 하는 법인세 인하 추세는 변화를 맞습니다. 국회 예산정책처에 따르면 2010년부터 2015년까지 법인세를 내린 나라는 10개국이고 올린 나라는 9개국입니다. 영국, 독일, 일본, 캐나다는 내렸고, 칠레, 포르투갈, 슬로바키아, 멕시코, 그리스는 올렸죠. 오이시디 국가가 법인세를 내리고 있다는 말은 요즘 상황에는 잘 맞지 않습니다.

전체 세수에서 법인세가 차지하는 규모는 2000년대 초반만 해도 부가세나 소득세하고 비슷했습니다. 2008년을 기점으로 법인세액이 감소하기 시작해서, 2011년과 2012년에 잠깐 반등하더니 다시 감소하고 있습니다. 이명박 정부가 법인세 감세 정책을 실시한 때문입니다. 그 뒤 한국의 법인세 실효세율이 떨어졌습니다.

2018년 1월 제이티비씨^JTBC 신년 토론에서 이재명 성남시장과 전원책 변호사가 법인세 실효세율을 두고 설전을 벌인 적이 있습니다. 이 시장은 국내 10대 기업의 실효세율이 12퍼센트라고 주장했고, 전 변호사는 실제 법인세율이 16퍼센트가 넘는데 무슨 소리냐며 반박했습니다. 두 사람 모두 자기가 말하려는 범주 안에서는 사실을 말했습니다. 이 시장은 국내 10대 기업에 한정했고, 전 변호사는 법인세 평균 실효세율을 가리켰으니까요.

낙수 효과, 업데이트가 아니라 단종해야

한국의 법인세율은 도대체 어디쯤에 있는 걸까요? 한국의 법인세 명목세율은 오이시디 평균보다 낮습니다. 소규모 도시형 국가나 구사회주의 국가들을 빼면 가장 낮은 편이죠. 감세 정책이 이어지면서 법인세 실효세율이 낮아졌거든요. 여기에서 문제가 생깁니다. 법인 소득 1000억 원을 버는 중견 기업보다 5000억 원을 넘게 버는 대기업의 법인세 실효세율이 더 낮아졌거든요. 10대 대기업으로 좁히면 실효세율은 더 낮아집니다. 돈을 많이 벌면 그만큼 세금을 더 내야 하는데 오히려 덜 낸다니, 이상하지 않나요?

지금 법인세 인하가 세계적인 추세라는 주장은 틀렸습

니다. 금융 위기 뒤 법인세를 올린 나라가 없다는 주장도 맞지 않죠. 튼튼한 나라 살림의 조건인 재정 건전성을 고려해 추세가 바뀌고 있는 현실을 외면한 철 지난 궤변일 뿐입니다. 대기업과 고소득층을 대상으로 감세를 하면 낙수 효과가 생긴다는 환상도 이미 깨졌습니다. 우리가 내는 세금으로 나라 살림을 하는 경제 관료들이 이 사실을 잘 모를 뿐이죠.

룰 테이커? 룰 메이커!

세계 경제를 제대로 공부하지 않는 안일한 태도와 오래된 편견이 관료들의 눈을 어둡게 합니다. 세제 개편과 재정 개혁에 얼마나 성공할지 해마다 연말에 진행되는 예산 심의를 매섭게 지켜봐야 합니다.

경제 3주체 중 가계에 해당하는 시민이 넋 놓고 있으면 기업과 국가는 무엇 하나 제대로 돌아갈 리 없습니다. 우리는 나라 살림을 둘러싸고 벌어지는 게임을 보기만 하면 되는 관객이 아니라 주인입니다. '룰 테이커'가 아니라 '룰 메이커'죠. 아니 '룰 브레이커'가 돼야 할지도 모르겠네요.

나라 살림을 결정하는 주체로 거듭나려면 뭘 해야 할까요. 경제가 어떻게 돌아가고 서로 할 일은 뭔지 지금 게임을 움직이는 룰을 더 공부해야겠죠.

'그들'이 사는 세상, '그들'이 사는 집

한국에서 집은 엄청난 의미를 지닙니다. 어떤 집에서 태어나는지, 신혼집이 월세인지 전세인지 자가인지, 집에 대출은 얼마를 끼고 있는지 등 한 사람의 경제적 능력을 볼 때 집은 중요한 기준이죠. 다들 내 집 한 칸 마련하려고 애씁니다. 'KB월간주택시장동향'에 따르면 서울 지역 아파트 가격 중위값(2019년 8월 기준)은 8억 6245만 원입니다. 연봉 5000만 원 정도를 받는 사람이 한푼도 쓰지 않고 17년을 넘게 모아야 하는 돈이죠. 집을 사도 기쁨은 잠깐, 또 다른 걱정이 기다립니다. 바로 세금이죠.

'공시 가격'은 '걱정 가격'

집 가진 사람에게 세금은 정말 민감한 주제입니다. 집에 관련된 세금만 해도 주르륵 고구마 딸려 나오듯 많습니다. 먼저 집을 사고팔 때 양도세와 취득세를 냅니다. 집을 계속 보유하면 지방세인 재산세를 해마다 내죠. 9억 원이 넘는 집이라면 종합부동산세까지 내야 합니다.

이쯤 되면 '내 집 마련 만세'가 아니라 '내 집 골칫덩이'일지도 모르죠. 이렇게 집에 부과되는 많은 세금을 일괄적으로 관리하려고 국토부는 '공시 가격'을 적용합니다. 문제는 공시 가격과 매매 가격이 차이가 크다는 점입니다. 큰돈이 왔다갔다하는 문제인데 왜 이런 일이 생길까요?

집에 세금을 부과하는 곳은 국토부와 지자체입니다. '부동산 가격공시 및 감정평가에 관한 법률'에 따라 해마다 모든 주택과 토지를 대상으로 '적정 가격'을 조사해 공시해야 합니다. 적정 가격이란 시장에서 실제 거래될 확률이 가장 높다고 판단되는 가격을 말하죠.

여기서 또 다른 의문이 생깁니다. '공시 가격=적정 가격'이어야 하는데, 왜 집은 시장에서 공시 가격으로 거래되지 않을까요? 공시 가격은 실거래가보다 왜 많이 낮을까요?

정부가 실거래가를 몰라서 공시 가격으로 세금을 매기는 걸까요? 둘의 차이를 몰라서 그런 게 아니라 알면서도 안 하고 있다면 정말 큰 문제겠죠. '적정 가격'은 왜 '걱정 가격'이 됐을까요?

북핵보다 무서운 보유세 폭탄

시민단체 참여연대가 2017년에 아파트와 연립주택 등 초고가 공동 주택의 공시 가격을 조사했습니다. 공시 가격이 실거래가의 3분의 2에도 못 미쳤죠. 진짜 낸 세금은 원래 내야 할 금액의 절반이었습니다. 강남처럼 땅값이 높은 지역에 자리한 아파트들은 다른 지역보다 훨씬 더 많은 혜택을 봤고요. 정부가 발표하는 부동산 공시 가격은 각종 세금을 매기는 과세 표준이 됩니다. 잘사는 동네일수록 공시 가격과 매매 가격의 차이가 크다면, 조세 정의는 그야말로 개나 주는 상황인 거죠.

불합리하고 불평등한 부동산 가격 공시 제도는 자산 불평등을 없애려고 도입한 종합부동산세마저 무력하게 만들고 있습니다. 서울에서 9억 원 이상 가격으로 매매됐지만 공시 가격은 9억 원 미만으로 잡힌 아파트가 65퍼센트나 됩니다. 고가 아파트 보유자들은 정부가 나 몰라라 손놓고 있는 사이 마땅히 내야 할 세금을 내지 않습니다. 옳지 못한 일이고 울화통 터지는 현실입니다.

얼마 전 서울 지역의 공시 가격이 10퍼센트 올랐습니다. 자연스레 종합부동산세 대상 주택도 늘었죠. 어김없이 '보유세 폭탄론'이 터져 나왔습니다. 보유세란 재산세와 종합부동산세를 합친 겁니다.

정부가 보유세를 강화하려 하자 이런 움직임에 항의하는 시민들도 있었죠. 그런 사람들이 주장한 대로 보유세 폭탄은 사실일까요? 참여연대가 분석한 결과를 보면 답은 '아니요'입니다. 사실상 집값의 0.2퍼센트에 해당한다면 많다고 볼 수 없습니다. 대체로 적다고 보는 쪽으로 기울고 있죠.

관료들의 성을 뚫을 창, 투명성

공시 가격은 재벌에 관련되면 문제가 더 커집니다. 경실련이 발표한 〈5대 재벌 주요빌딩 과표실태〉에 따르면, 5대

재벌이 소유한 빌딩 35곳의 공시 가격은 시세의 38.7퍼센트입니다. 2215억 원 정도 세금이 덜 걷힌 셈이죠. 많은 세금을 걷을 수 있는데 정부는 왜 손놓고 있을까요? 고가 주택에 사는 관료나 공무원들 때문은 아니겠죠.

거꾸로 가는 부동산 공시지가 문제를 해결하려면 세금 누락을 공공연히 부추기는 부동산 공시 가격을 당장 바로잡아야 합니다. 점점 가팔라지는 양극화를 조금이라도 늦춰야 하니까요. 시소도 양쪽이 어느 정도 균형을 맞출 때 재미있습니다. 어느 한쪽이 많이 가지고 내놓지 않는다면 게임은 시시하게 끝나게 되죠.

게으른 관료를 일하게 하려면 고위 공직자 재산 시가 확인 서비스를 적극 활용해야 합니다. 실거래가를 공개하지 않는 공무원과 관료, 그 사람들이 사는 견고한 성을 클리어하려면 '투명성'을 원칙으로 내세워야 합니다. 투명성은 예산 전쟁에서 시민이 승리할 수 있는 주요 전략이니까요. 내가 강남 고가 주택에 사는 관료라고 해도 말이죠.

떠먹이는 '예산밥'은 이제 그만

'교통에너지환경세'라는 세금을 들어본 적 있나요? 자동차를 가지고 다니는 사람은 한 번쯤 들어보셨을 겁니다. 주유소에 가서 기름을 넣을 때 부과되는 세금이죠. 이렇게 물어보실 수도 있겠어요.

"그거 혹시 유류세 아닌가요?"

네, 맞습니다. 우리가 흔히 아는 '유류세'가 바로 교통에너지환경세입니다. 그렇다면 이런 뉴스도 한 번쯤 들어보셨을 겁니다.

"최근 유가 상승으로 정부가 유류세 15퍼센트 인하 정책을 발표했습니다."

당장 기름값이 떨어져서 기쁘다고요? 알고 보면 마냥 좋아할 일만은 아닙니다. 진즉에 없어져야 하는 세금이 조금 내려갔을 뿐이니까요.

3대 세금 바로 뒤, 잘 모르는 알짜 세금

교통에너지환경세는 이미 2009년에 폐지 법률안으로 국회를 통과했습니다. 10년 전에 사라진 세금이 왜 아직도 유령처럼 살아남은 걸까요. 틀림없이 뭔가 이유가 있겠죠. 보통 가장 중요한 세금을 가리켜 '3대 세목'을 꼽습니다. 소득세, 부가가치세, 법인세입니다. 소득세가 75조 원 정도로 가장 많이 걷히고, 부가가치세가 67조 원 정도, 법인세가 그 뒤를 이어 59조 원 정도입니다. 그다음으로 많이 걷히는 세금이 뭘까요? 교통에너지환경세입니다. 해마다 15조 원 정도 걷히는 알짜 세금이죠.

앞서서 쉽게 걷을 수 있는 알짜 세금을 정부가 쉽게 포기할 리가 없습니다. 폐지 법률안으로 통과된 뒤에도 아직 세금이 부과되는 까닭은 정부가 폐지 시점을 3년씩 자꾸만 미루기 때문입니다. 폐지하기 전에 손볼 부분이 있다며

> **개별소비세** '특별소비세'의 바뀐 이름. 특정한 물품, 특정한 장소에 입장하는 행위, 유흥 음식 행위, 영업 행위에 부과하는 소비세다. 보석, 귀금속, 자동차, 휘발유, 경유 등에 적용되고, 경마장, 골프장, 카지노, 유흥 주점 등에도 부과된다.

차일피일 시간을 끄는 중이죠. 얼마 전에도 또 3년이 연장되고 말았습니다. 연장 법안이 국회를 통과하면서 교통에너지환경세는 2021년까지 유지될 예정입니다.

목적세는 세금 새는 길

교통에너지환경세가 폐지되면 어떻게 될까요? 휘발유와 경유를 살 때 드디어 세금을 내지 않아도 되는 걸까요? 그런 일은 아쉽게도 일어나지 않습니다. 폐지된 교통에너지환경세는 '개별소비세' 형식으로 바뀝니다. 교통에너지환경세가 사라진다고 해서 기름값이 더 싸지거나 소비자가 혜택을 받는 일은 없다는 뜻이죠. 소비자 처지에서는 개별소비세를 내든 교통에너지환경세를 내든 무슨 상관이냐고 되물을 수도 있습니다. 소비자에서 시민으로 처지를 바꿔 생각하면 이야기가 크게 달라지지만요.

교통에너지환경세는 '목적세'입니다. 법이 정한 '특정한 목적'에만 써야 하는 세금이죠. 이름에 교통, 에너지, 환경이 들어 있지만 주로 '교통'에 쓰입니다. 교통에너지환경세는 교통 시설에 80퍼센트인 12조 원을 의무로 쓰게 돼 있습니다. 나머지 20퍼센트는 환경에 써야 합니다.

목적세 성격이 강한 교통에너지환경세를 개별소비세로 바꿔 걷으면 용도가 전혀 달라집니다. 일반 세금 항목으로 적용돼 복지나 국방에도 쓸 수 있거든요. 이런 이야기 들은 적 있을 겁니다.

"멀쩡한 보도블록 갈아엎네? 얼마 전에 공사했는데?"

보통 예산이 모자라 돈을 마음대로 쓸 수 없다고 생각하지만, 어떤 세금은 세수가 남아돌아 억지로 써야 하기도 합니다. 교통에너지환경세가 대표적이죠. 12조 원을 어떻게든 교통 시설에 써야 하기 때문에 종종 예산을 낭비합니다. 딱히 문제가 생겨 지출하는 예산이 아니라 의무로 써야 하는 예산이라서 지출해야 한다면 정말 이상한 예산정책 아닌가요?

돈길을 돌려라, 교통 대신 환경으로

정해진 돈을 쓰려고 필요 없는 사업을 억지로 벌여야 하는 구조는 빨리 고쳐야 합니다. 해법은 생각보다 간단하죠. 교통 분야에 할당된 비율 80퍼센트를 낮추고 환경에 더 많이 쓰면 어떨까요? 가뜩이나 미세 먼지가 문제인데, 남아도는 예산을 필요한 곳에 끌어다 쓰는 방법도 좋고요.

국토부는 편안하게 앉아서 자체 예산을 확보하는 관성을 없애야 합니다. 시민이 계속 편안히 떠먹이는 '예산밥'으로는 건강한 플레이어를 키울 수 없습니다. 타성에 젖고 나태해진 관료만 늘어날 뿐입니다. 일일생활권이 된 지 오래된 작은 나라에 자꾸 도로만 깔아서는 답이 없습니다. 융통성 있는 예산을 편성해 정말 필요한 곳에 돈이 흘러갈 수 있도록 시민들이 강하게 요구해야 합니다.

세금 내기 싫다는 기도

종교인 과세를 둘러싼 논란이 여전히 뜨겁습니다. 진통 끝에 2018년 1월부터 시행된 종교인 과세가 아직도 갈팡질팡합니다. 시민과 시민단체들은 종교인도 세금을 내라고 난리이고, 몇몇 종교인은 종교의 특수성을 내세우면서 세금을 줄여달라고 법석댑니다. 시민들의 위임을 받아 조세 정의를 실현해야 하는 국회는 그 사이에서 균형을 잃고 우왕좌왕합니다. 세금 내기 싫다면서 종교인들이 하는 기도를 신은 들어주실까요?

믿음 앞에서 흔들리는 조세 정의

'종교인'에는 목사, 신부, 승려 등에 더해 교무를 보는 직원까지 들어갑니다. 법이 시행되기 전에는 세금을 내는 종교인도 있었고 안 내고서 무시하고 버티는 종교인도 많았습니다. 법이 시행되면서 모든 종교인에게 일반 시민처럼 소득의 6~38퍼센트에 이르는 세금을 부과할 수 있게 됐죠. 당연히 종교인 과세에 반발하는 종교인도 많았습니다. 종교는 이득을 탐하는 곳이 아니라 신앙을 추구하는 곳이라면서 말이죠.

예전에는 어땠을까요? 종교인은 과세 규정이 없어서 세금을 내지 않아도 됐을까요? 아닙니다. 세법에 맞게 종교인도 근로소득세를 내야 했습니다. 국세청이 강하게 의무 징수를 하지 않았을 뿐이죠. 양심 있는 종교인들은 소득에 맞는 세금을 충실히 냈습니다. 2018년에 시행된 종교인 과세는 원래 있던 세법에 '강제성'을 더한 겁니다. 덕분에 소득이 잡히는 종교인은 누구나 세금을 내야 하는 상황이 됐습니다. 세금 내기 싫은 몇몇 종교인이 이 법을 시행하지 못하게 자꾸 발목을 잡고 있지만요.

종교인 과세는 종교인의 소득을 '신의 영역'으로 남겨

두지 않겠다는 강한 의지를 내보였습니다. 그런 정책이 시행 1년이 지난 지금 후퇴하고 있습니다. 세금을 어떻게든 내고 싶지 않다는 몇몇 양심 없는 종교인이 한 기도가 통한 걸까요? 법은 종교인 과세를 적극 시행하지 않고 '완화'하는 쪽으로 돌아서고 있습니다. 국회가 종교인 과세 완화를 검토하자 시민단체가 부당한 특혜라며 크게 반발하고 있죠. 특히 종교인 퇴직금에 매기는 세금을 두고 논란이 뜨겁습니다.

종교인도 퇴직금이 있냐고요? 네, 있습니다. 우리가 퇴사할 때 받는 퇴직금처럼 몇몇 종교인도 퇴직금을 관행으로 받는답니다. 우리가 상상하기 힘든 천문학적인 금액을 받아가서 문제가 되지만요.

전세계에서 유일한 종교인 세금 특혜

종교인이 받는 천문학적인 퇴직금에 붙는 세금을 줄여주려고 국회가 움직이고 있습니다. 소득이 있다면 세금을 거둬야 하는 국회가 오히려 나서서 세금을 줄여준다니, 뭔가 뒤가 구린 냄새가 나죠?

> **근로 소득** 노동력을 제공한 대가로 받는 모든 소득으로, 금전, 물품, 주식도 포함된다. 근로소득세는 소득 금액이 많아질수록 세율이 높아지는 누진세율을 채택하며, 원천 징수가 원칙이다.

그 뒤에는 특정 종교에 결탁한 국회의원들의 사리사욕이 도사리고 있습니다. 종교를 편들어 정치적 이득을 얻으려는 못된 마음 탓이죠. 지금은 종교인과 비종교인의 퇴직금 세금 납부 방식이 똑같습니다. 퇴직금을 일시금으로 받으면 원천 징수 방식으로 세금이 부과되죠. 국회가 종교인 과세를 완화하는 법안을 통과시키면 종교인 퇴직 소득의 범위도 줄어듭니다. 이를테면 종교인이 30년 근무 뒤 퇴직금 3억 원을 받으면 지금은 1400만 원 정도를 세금으로 냅니다. 개정안이 시행되면 퇴직소득세는 0원이 됩니다.

퇴직금 금액이 큰 대형 교회가 개정안이 통과되기를 목 빠지게 기다립니다. 근무 기간이 긴 종교인일수록 혜택이 큽니다. 세습과 장기 집권으로 교단을 장악한 종교인들이 두 손 들어 환영할 만합니다.

학계는 '전세계에서 유일한 종교인 세금 특혜'라면서 불평등한 세금 납부 구조를 비판합니다. 질질 끌다가 얼마 전에야 종교인 과세를 시행하더니 그마저도 소득세 감면으로 돌아서는 국회가 한심합니다. 표를 의식한 몇몇 국회의원이 선심성 정책을 펴는 걸까요. 앞에서는 정의를 부르짖으면서 뒤에서는 잇속만 챙긴다면 시민들이 나서서 바로잡아야죠. 본회의에서 종교인 세금 특혜 법안이 통과되지 않게 시민들이 목소리를 높여야 합니다.

자꾸 반복되는 종교인 과세 논란을 잠재울 중장기 대책은 뭘까요? 생각보다 간단합니다. 반복적이고 주기적인 소득을 얻는 종교인은 우리처럼 근로 소득으로 과세하면 됩니다. 근로 소득으로 세금을 신고한 종교인이 퇴직금을 받으면 거기에 맞게 세제 혜택을 주면 되고요.

사랑과 평등은 세금에도 적용돼야

말로는 사랑과 평등을 내세우는 종교인들이 세금 문제에는 신을 앞세우며 특혜를 요구합니다. 앞뒤가 맞지 않습니다. 세법을 정당하게 집행해야 할 국회가 제구실을 못하면 시민이 칼을 빼들어야죠. '워 오브 머니'잖아요.

소득에 맞는 세금을 제대로 내는 종교인이 우리들의 존

경을 받을 자격이 있습니다. 그런 종교인이야말로 진정한 '신의 영역'이 아닐까요?

100원 주면 17원 받는 농업직불제

농민들이 가장 관심을 갖는 정부 사업은 뭘까요? 두말할 필요 없이 '농업직불제'입니다. 농업직불제가 없으면 농민들은 길거리에 나앉습니다. 그만큼 중요한 예산 정책이고, 농민들의 사활이 걸린 중요한 돈입니다.

농업직불제는 농업 예산의 4분의 1을 차지합니다. 농민 총생산의 10분의 1이기도 하죠. 한국 농업의 현주소를 조금 극단적으로 말해볼까요? 농업직불제가 없으면 자가 호흡이 불가능한 중증 환자입니다. 자칫하면 예산으로 근근이 연명하는 '좀비 산업'이 될 수도 있습니다.

진짜 뿌리 산업, 농업

농업직불제는 농업 시장이 빠르게 개방되면서 시행됐습니다. 세계무역기구WTO 체제 아래에서 정부가 농산물을 시장 가격보다 비싸게 사주는 '추곡수매제'가 금지됐죠. 농민들은 거세게 저항했고요. 농민들이 내건 요구를 들어주고 농업을 보전하려는 정책이 농업직불제입니다.

식생활이 바뀐 탓도 큽니다. 밥상에 쌀이 오르는 일이 뜸해지고 농가 소득이 떨어지면서 정부가 나서야 했죠. 쌀직불제로 시작한 농업직불제는 친환경 농업, 자유무역협정FTA 피해 보전 등으로 차차 확대됐습니다. 종류만 늘어날 리는 없죠. 예산도 기하급수로 증가합니다.

농업은 산업의 뿌리입니다. 국민 건강을 고려하더라도 유지돼야죠. 다만 덮어놓고 하는 보호가 산업 개혁을 가로막을 때는 문제가 됩니다. 농업직불제의 가장 큰 문제점은 두 가지를 들 수 있습니다.

첫째, 대농 중심입니다. 정부가 주는 보조금을 보면 대농의 소득을 보전하는 쪽으로 집행됩니다. 전체 농업인 소득을 안정시키려는 농업직불제 취지에는 맞지 않죠.

둘째, 과잉 생산을 부추깁니다. 과잉 생산은 쌀농사에

집중됩니다. 농민은 쌀농사를 좋아합니다. 다른 작물보다 키우기 편하고 보조금 계산도 쉽거든요. 쌀값이 폭락해도 정부가 보조해주니 아쉬울 게 없고요. 이런 점이 예산 낭비를 부릅니다. 쌀농사를 선호하는 탓에 다른 농작물을 지원하는 데 돌아가야 할 예산이 모자라게 됩니다. 재고만 쌓이는 농작물에 애먼 돈을 쏟아붓는 말도 안 되는 상황이 벌어지죠.

땅을 향한 돈길을 사람에게 돌려야

돈을 쓸 때는 액수도 중요하지만 '방향'이 핵심입니다. 어디에 어떻게 쓰고 어떤 효과를 낼지 미리 꼼꼼히 따져봐야 합니다. 정부가 보상해주지 않으면 팔 수도 없는 쌀농사를 계속 지원해야 할까요? 돈 낭비, 예산 낭비입니다.

'땅'이 아니라 '사람'에게 써야 합니다. 사람에게 돈을 쓰는 '소득 보전' 정책으로 바꿔야 예산이 새는 구멍을 막을 수 있겠죠. 먼저 농가 소득에서 나타나는 차이를 없애야 합니다. 쌀 변동 직불금은 생산 농가의 소득을 보전하는 용도로 남겨둡니다. 쌀 생산 농가보다 논 소유주에게

> **고정 직불금** 쌀 생산량과 가격 변동에 상관없이 논 농업에 종사하는 농업인에게 직접 주는 보조금. 헥타르당 평균 100만 원.

주는 고정 직불금은 개혁해서 농가 소득의 균형을 맞추는 데 활용하고요.

사람 중심으로 보조금 형태를 바꾸면 여러 문제를 풀 수 있습니다. 지금 농업은 99세 할아버지도 직불금 때문에 정년 없이 일하는 구조죠. 농업 노동력은 사실상 이주 노동자로 대체된 상황인데도요. 중요한 농업 기술이 다음 세대로 이어지지 못하는 안타까운 현실입니다.

달마다 일정한 기본 소득을 보장하는 형태로 보조금을 지급하면 어떨까요? 나이든 농민은 정년을 누릴 수 있겠죠. 몸이 아프면 쉴 수 있고요. 직불금에 집착할 이유도 없어지겠죠. 농업의 산업 구조도 바뀌어 공급 과잉으로 판로가 막힌 쌀 대신 새로운 작물을 기를 수도 있죠.

돈을 쓰는 '방향'이 바뀌면 효과도 달라집니다. 농지가 아니라 농민에게 혜택이 돌아가면 농산물 가격이 안정되고 식량자급률이 올라가겠죠. 산업의 이익과 공공의 이익이 조화하게 되는 셈이겠네요.

100원이면 17원? 리셋 농업직불제!

정부 지원금이 100원이라면 농민에게 돌아가는 혜택은 고작 17원입니다. 농민을 도우려고 마련한 예산이 정작 농민이 아니라 대농과 관련 기업, 공공 기관 관료 등에 돌아가고 있죠. 농업 예산을 쏙쏙 빨아먹는 기생 계층을 철저히 가려야 합니다. 눈먼 돈을 농민에게 돌려줘야죠.

해법은 명확한데 왜 늘 개혁은 쉽지 않을까요? 당사자인 농민들이 수동적으로 대응하는 점도 문제겠죠. 그래도 가장 큰 문제는 농업 담당 공무원들의 보수성, 문제 해결자로 나서야 하는 정치인들의 이익입니다. 관료들은 자기 영역만 생각하는 '칸막이' 사고를 합니다. 변화 자체를 두려워하고 불편해하는 귀차니즘도 한몫합니다.

게임을 하다 보면 흐름이 영 마음에 안 들 때가 있습니다. 그럴 때 우리는 어떤 결단을 내리나요? '리셋' 버튼을 누르죠. 새로운 마음으로 깔끔하게 시작하기, 그런 과감한 결단이 개혁입니다. 농업직불제, 이제 바꿔야죠.

밑 빠진 독, 좀비 기업

기업은 돈을 벌려고 모인 집단입니다. 놀려고, 어영부영 시간이나 보내려고 모이지 않죠. 이윤을 내지 못하면 자연스레 도태돼야죠. 그런데 이상합니다. 돈을 벌지 못하는데도 끄떡없는 기업이 많습니다. 빚내서 버티는 걸까요? 어디 천사 같은 우렁각시라도 있는 걸까요?

기업의 소임을 다하지 못하고 근근이 꾸려가는 회사를 '한계 기업'이라고 합니다. 한계 기업은 영업 이익의 이자를 갚는 데도 허덕이죠. 2017년 기준으로 전체 기업의 27.3퍼센트가 한계 기업입니다.

4분의 1입니다. 그 많은 한계 기업을 긴급 수혈로 살려

주는 우렁각시는 정부이고요. 더 정확히 말하면 우리가 내는 세금이겠죠.

3년 묵은 한계 기업은 좀비가 되고

왜 이렇게 한계 기업이 많은 걸까요? 30대 대기업 계열사만 해도 22.5퍼센트에 이릅니다. 한계 기업이 변신하면 더 문제죠. '좀비 기업'이 되거든요. 한계 기업으로 지정된 상황이 3년 이어지면 그 회사는 좀비로 탈바꿈합니다. 상황이 더 나빠지는 거죠. 좀비 기업도 전체 기업의 16퍼센트라고 하니 세상이 갑자기 어두워 보입니다. 이런 무능한 기업이 많아진 이유는 정부의 퍼주기식 정책입니다. 퍼주기식 정책 금융은 비효율을 낳고 시장을 왜곡하거든요.

좀비 기업은 어떻게든 살아남으려고 시장에 싼값을 제시합니다. 저가 입찰이죠. 건전한 중소기업들은 저가 물량 공세에 맥을 못 춥니다. 회생 불능 기업을 오냐오냐하다가 튼튼한 회사마저 망가트리는 겁니다. 아무리 게임에 뛰어난 플레이어(중소기업)라도 억지 쓰는 트롤(한계 기업, 좀비 기업)을 감당할 재간은 없죠. 잘못된 정부 정책이 게임

빨대 효과 빨대로 음료를 빨아들이듯 어느 한쪽이 다른 쪽을 흡수하는 집중 현상. 일본에서 1960년대에 신칸센을 개통한 뒤 지방 소도시가 발전하리라고 기대하지만 오히려 대도시가 더 커진 현상에서 유래했다.

판 전체를 무너트릴 수 있다는 뜻이죠. 정부에서 지원을 받는 기업에는 대기업 하청을 받는 사례도 있습니다. 어려운 기업을 돕는다는 명분 아래 도움이 전혀 필요 없는 대기업을 돕게 되는 '빨대 효과'를 낳는 거죠.

한계 기업이 지닌 고질적인 문제는 연구 개발에서 더 두드러집니다. 정부가 지원하는 연구 개발에서 한계 기업이 차지하는 비중이 꾸준히 늘고 있거든요. 독립하지 못한 자식이 용돈 주는 부모 곁을 맴도는 격이죠. 용돈이든 사업 자금이든 받으면 어느 정도 성과를 내야 하는데, 한계 기업은 그러지 못합니다. 연구 개발 과제가 끝나도 후속 투자를 잘 받지 못하죠. 기껏 예산을 들여 만든 상품이나 서비스도 시장에서 외면받기 일쑤고요. 애초에 자립 능력이 없기 때문입니다.

기업은 기업의 일을, 국가는 국가의 일을

다 큰 골칫덩이 자식을 언제까지 보듬어야 할까요. 지금 같은 형태의 한계 기업 지원 정책은 결코 성과를 낼 수 없습니다. 이유는 분명합니다.

첫째, 한계 기업의 소유주가 경영을 잘못한 탓입니다. 기업은 이윤을 추구하는 집단입니다. 이윤이 남지 않고 적자를 보는 기업은 당연히 도태돼야 합니다.

둘째, '한계 기업=사양 산업'이기 때문입니다. 소유주가 잘못 판단하고 선택해서 사양 산업에 진입한 사례도 있지만 변화하는 시대 흐름에 따라서 자연스럽게 사양 산업이 된 사례도 많습니다.

해법은 없는 걸까요? 이쯤에서 관점을 달리 해보죠. 한계 기업을 살릴 해법이 아니라 예산 낭비를 막을 해법을 찾으면 쉽습니다. 먼저 돈을 쏟아붓는 재정 지원 정책은 당장 멈춰야 합니다. 사회 안전망을 튼튼히 해 뻔히 실패할 사업에 사람들이 뛰어들지 않게 막아야죠. 판단을 잘못해서 적자를 내는 기업은 스스로 책임을 지게 해야 하고요. 언제까지 무능한 기업을 돈으로 메꾸며 어르고 달랠 수는 없습니다.

밑 빠진 독에 독 붓기

1980년대에 제조업 위기를 겪은 북유럽 사례를 살펴봅시다. 북유럽 정부들은 경영난을 겪는 기업들을 가려서 시장 원리에 따라 스스로 책임을 지게 했습니다. 해고 노동자들에게는 2년에 걸친 장기 실업급여를 지급했습니다. 기업에 재정을 지출하는 대신 노동자들에게 직접 돈을 주는 방식을 선택했죠. 의도는 적중합니다. 일자리와 삶의 질이 유지되고 경제도 여전히 튼튼합니다. 같은 돈을 쓰더라도 방향이 달라지면 긍정적인 효과가 나죠.

　국가는 기업이 할 수 없는 일을 해야 합니다. 기업이 아프다고 해서 돈만 쏟아부으면 안 되죠. 관련 정책을 잘 살펴 가장 효과적인 곳에 예산을 써야 합니다. 나라 살림을 꾸리는 데 쓸 세금을 밑 빠진 독에 물 붓듯 하면 안 됩니다. 그 물이 차올라 언제 독으로 돌아올지 모르니까요.

폭탄 돌리기만 하다가 사라질 도시 공원

한국은 70퍼센트가 산이라는 사실은 모두 아시죠? 여기 봐도 저기 봐도 '초록초록'합니다. 그런데 우리는 녹지가 모자라다고 아우성입니다. 왜 그럴까요? 도시에 꾸역꾸역 몰려 살잖아요. 회색 도시에 살면서 숲이 모자라다고 불평하는 거죠.

사라지는 도시의 허파

우리는 숲이 많은 도시를 바랍니다. 나무와 풀을 보면서 지친 몸을 쉬고 마음의 여유도 되찾고 싶어하죠. 도시 숲은 이산화탄소를 빨아들이고 신선한 산소를 줍니다. 숲이 있는 지역은 주변 지역보다 온도가 1~5도 정도 낮습니다. 미세 먼지를 줄이는 효과도 있죠.

선진국은 일인당 공원 면적이 20~30제곱미터입니다. 한국은 훨씬 작습니다. 2018년 4월 기준 일인당 7.6제곱미터입니다. 가뜩이나 넉넉지 않은 녹지가 2020년 7월이 되면 일인당 4제곱미터 수준으로 떨어진답니다. 7.6제곱미터 안에 들어 있던 장기 미집행 도시 계획이 재개되기 때문입니다. 공원으로 묶여 있던 땅이 개발된다는 거죠.

난개발로 가는 지름길, 민간 공원

장기 미집행 도시 공원 문제가 불거진 때는 1999년입니다. 공원 녹지로 땅이 묶인 소유주들이 헌법재판소에 소송을 냈죠. 헌법재판소는 고민에 빠졌고요. 도시 계획이 지니는 정책의 정당성을 취할지, 사유 재산권을 보호해달라는 주민들 편을 들어줄지. 오랜 고민 끝에 헌법재판소는 결단을 내립니다. 이른바 '도시공원 일몰제'죠.

겉으로 보면 토지 소유주의 손을 들어준 듯하지만 실상은 그렇지 않습니다. 자그마치 21년이라는 유예 기간을 뒀거든요. 도시 계획의 공공성과 정책의 일관성에 손을 들어준 셈입니다. 폭탄은 엉뚱한 곳에서 터졌습니다. 21년이라는 금쪽같은 세월을 지자체가 그냥 허비한 거죠. 이유야 여러 가지일 테지만 돈이 가장 큰 문제이겠고요. 지자체 관료들이 자기 임기에 사업을 진행하지 않으려고 게으름을 피운 겁니다. 내가 안 하면 다음 사람이 하겠지 하면서 폭탄 돌리기를 한 거죠.

발등에 불 떨어진 지자체들이 어떻게 문제를 풀어갈까요? 정부가 고육책을 내놓았습니다. 지정 해제를 앞둔 도시 공원에 민간 개발을 유치하자는 겁니다. 지자체들은 옳다구나 하면서 공원을 만들지 못한 부지에 '민간 공원 조성 사업'을 추진하죠. 시민과 환경단체들은 환경권이 침해되고 난개발이 염려된다며 반대하고요.

권리와 권리가 부딪칠 때

구미로 잠깐 가볼까요. 구미시는 중앙공원, 꽃동산공원,

> **도시 공원 일몰제** 헌법재판소 판결에 따라 정부가 고시한 사업 중 10년 이상 도시 공원 사업을 끝내지 못한 곳은 2020년부터 자동으로 효력을 잃게 한 조치.

동락2지구공원 등 3곳을 민간 공원 사업으로 개발하기로 했습니다. 도시공원법에 따라 민간 사업자가 공원 부지의 70퍼센트를 공원으로 만들면, 나머지 30퍼센트를 주거, 상업, 녹지 등 비공원 시설로 개발한다는 거죠. 시민단체와 주민들은 생태계가 파괴되고 일조권과 조망권이 침해된다며 반대하죠.

다른 곳도 살펴보죠. 대전은 7개 공원 부지 8곳에 민간 공원을 추진하고 있습니다. 광주도 10개 공원을 대상으로 민간 공원을 추진하고요. 구미, 대전, 광주 모두 강한 반발에 부딪치고 있습니다. 지금 미집행 도시 공원 시설에 민간 공원이 추진되는 사례는 70여 곳입니다. 환경운동연합 등 251개 시민단체가 모인 '2020 도시공원 일몰제 대응 전국 시민행동'은 민간 공원 때문에 난개발이 염려된다며 정부가 나서서 해결하라고 요구하고요. 정부는 어떤 생각일까요? 예산 때문에 한계가 있다며 한발 뒤로 빼고 있네요.

폭탄 돌리기 게임의 끝은 자폭

시민단체와 주민들은 왜 민간 공원을 반대할까요? 전체 부지의 30퍼센트가 아파트 같은 택지로 개발될 테니까요. 민간 자본은 그렇게 번 돈으로 나머지 땅을 공원으로 만든다는 거죠. 아무래도 난개발이 염려된다는 주장을 완전히 무시할 수 없겠네요.

　또 다른 문제도 있습니다. 민간 공원이 결국 민자 공원이 아니냐는 의심이 들거든요. 시가 소유한 땅을 팔아서 민간 업자에게 이익이 돌아가는 구조라고 볼 수도 있잖아요. 더 큰 문제는 이렇게 만든 공원을 유지하고 관리하는 일은 지자체 몫이라는 겁니다. 그런 비용은 어디서 나올까요? 세금이겠죠. 잘못된 정책과 관료의 게으름이 기업에는 이익을 주고 국민에게는 손해를 안긴다면 당연히 문제를 제기해야 합니다. 폭탄 돌리기만 하다가 자폭하는 게임은 이제 그만둘 때가 됐습니다.

WAR
OF
MONEY

Part3

나라 살림
갉아먹는
여의도 빌런, 국회

지겨움의 미학, 연말 시상식과 몸싸움

"라떼는 말이야, 슈퍼맨이 최고 영웅이었지!"

제가 이렇게 말하면 아이는 눈만 껌벅입니다. 펄럭이는 보자기 목에 두르고 높은 데서 뛰어내린 경험, 다 한 번쯤 있지 않습니까!

지금은 배트맨, 스파이더맨, 아이언맨이 대세라더군요. 영웅이 있으면 악당이 나와야죠. 보통 악당을 '빌런'이라고 부릅니다. 우리가 참여한 예산 전쟁에도 빌런은 있습니다. 여의도 '그분'들이죠.

연말, 시상식과 몸싸움

여의도 그분들, 국회의원은 국민을 대표하는 기관인 국회의 구성원입니다. 입법 권한이 있죠. 국회의원은 보통, 평등, 직접, 비밀 선거로 선출하고 임기는 4년입니다. 지금은 지역구 의원 253명과 비례대표 의원 47명을 합해 300명이 활동하고 있습니다.

왜 선거로 국회의원을 뽑을까요? 국민을 대표해 법률을 만들고 국정을 제대로 감시하라고 뽑습니다. 그런데 국민들은 국회의원이 모두 없어지면 좋겠다고 생각합니다. 골칫덩이에 화만 돋우는 이들로 여기죠. 국회의원은 어쩌다 영웅은커녕 빌런 취급을 받게 됐을까요. 일을 제대로 못하기 때문입니다. 국민의 일꾼이 돼 열심히 일해야 할 사람들이 아까운 세비만 낭비하고 있으니까요.

해마다 12월 2일만 되면 뉴스에 단골로 나오는 멘트가 있습니다. '2일 본회의 내년도 예산안 통과되나?', '정부 예산안 의결, 올해도 법정 시한 넘길 듯.' 예산안이 통과되는 과정을 20년 넘게 지켜봤지만, 순탄하게 진행된 적이 한 번도 없더군요. 헌법 54조 2항은 '국회는 회계 연도 개시 30일 전까지 의결해야 한다'고 예산안 처리 시한을 못박고 있습니다. 새해가 시작되기 전 30일, 그러니까 해마다 11월 30일까지 국회는 예산안과 관련 법률을 모두 심사해야 하는 거죠. 방송국 연말 시상식과 국회 예산안 심의, 뭐가 더 지겨울까요?

1대 99, 볼모가 된 예산 심의

사실 국회가 심사하는 예산안은 해마다 비슷합니다. 1퍼센트 정도 되는 신규 예산안이 추가될 뿐 나머지 99퍼센트는 그전 내용을 그대로 올립니다. 정부가 몇 백 조에 이르는 슈퍼 예산안을 올려도 국회는 몇 조만 심사하면 되는 거죠.

말이 되냐고요? 네. 당연히 그러면 안 됩니다. 관행이고 관성일 뿐이죠. 정부가 벌이는 사업은 해마다 7000건이 넘습니다. 국회의원들이 1년 365일 머리 싸매고 공부하고 심의하고 의결해도 모자랄 정도죠.

현실은 어떤가요? 국회의원들은 실컷 딴 일로 바쁘다가 가을이나 돼야 슬슬 심사를 시작합니다. 가뜩이나 늦은 일정은 곳곳에서 발목을 잡합니다. 예산안을 그대로 통과시키려는 정부와 여당, 여기에 맞서는 야당의 공세는 단골 메뉴죠. 실컷 피 터지게 싸우다가 시간에 쫓겨 허둥지둥 통과! 부실 심사, 날림 심사라는 오명을 언제까지 들어야 할까요.

개별 국회의원 탓도 크지만 정치 구조도 문제죠. 예산을 예산 자체로 보고 심사해야 하는데, 정치적 이슈가 터질 때마다 심사 과정이 알력 싸움으로 바뀝니다. 꼼꼼히 살펴야 할 법안들이 여야 싸움에 뒷전으로 밀립니다. 예산안을 볼모로 잡고 여야가 주도권을 다투는 악습이 굳어진 거죠.

'1년살이' 예결위원, 하루살이 예산 심사

국회의원의 전문성이 떨어지는 현실도 큰 문제입니다. 4년마다 새로 뽑는 국회의원이 예산을 얼마나 알겠습니까. 당선하는 순간부터 지역구에 관련된 사안을 파악하기도 바쁠 텐데 말이죠. 국회는 예산결산특별위원회(예결위)를 두고 예산을 심사하는데, 위원은 매번 바뀝니다. 전문성을 확보할 수 없는 구조죠.

예산결산특별위원회 정부가 제출한 예산안과 결산을 검토하고 심사하는 국회 특별위원회(국회법 제45조 1항). 상임위원회의 예비 심사를 거친 예산안과 결산을 심사해 본회의에 부의하고(제84조 1·2항), 심사한 안건이 본회의에서 의결될 때까지 존속하며(제44조 3항), 위원은 의장이 50명 이내에서 선임하되 교섭단체 소속 의원 수비율과 상임위원회 위원 수 비율에 따라 정한다(제48조 5항). 특별 안건을 심사할 소위원회를 두거나(제57조 1항), 이 소위원회를 여러 분과위원회로 나눌 수 있다(제57조 7항). 전문위원, 입법심의관, 입법조사관 등을 둬 국회의원들이 하는 심의를 돕는다.

다른 나라는 예결위를 상임위원회로 바꿔 예산안을 심사합니다. 미국에는 30년씩 예결위를 하는 의원도 있어요. '1년살이' 예결위원들에게 제대로 된 심사를 기대하는 일이 무리인 겁니다. 예결위를 상임위로 바꾸면 '상원'처럼 될 수 있다고 염려하는 사람도 있습니다. 권한과 업무를 철저히 나눠 조정하면 되겠죠.

지금 국회는 예산을 충분히 심사하지 않습니다. 법정 시한을 넘기고 졸속에 부실을 남발하는 이유는 시간이 모자란 탓도 있겠죠. 예산안은 9월 3일에 제출됩니다. 9월이나 10월에 돌아오는 추석이 발목을 잡습니다. 모든 국회의원이 추석을 반납하고 열심히 일하지는 않잖아요? 추석 지내고 10월 중순에 국정감사가 시작되면 이미 늦습니다. 예결위는 11월이 돼야 시작되기 때문이죠.

국정감사를 추석 앞으로 당기면 어떨까요? 시간에 쫓기며 부실 심사를 하지 말고 모자란 시간을 미리 확보하면 됩니다. 이런 간단한 해법이 있는데, 아무도 문제를 제기하거나 실행하려 하지 않습니다.

허당 몸싸움 대신 제대로 된 돈 전쟁을

해마다 구성원이 바뀌고 시간도 짧은 예산 심사로 나라 살림이 제대로 꾸려질 리 없죠. 민주주의는 결과보다 과정이 중요합니다. 국회의원은 법정 시한을 지키고 충실히 심의해야 합니다. 그러라고 뽑았으니까요. 회의 때는 졸다가 목소리 높여 몸싸움이나 하라고 세비를 주는 게 아닙니다. 국회의원 스스로 민주주의의 기본을 알아야죠. 말로만 떠들지 말고 행동으로 보여줘야겠죠.

나라 살림의 주인인 시민이 예산 전쟁에서 승리하려면 제대로 된 국회의원을 뽑아야 합니다. 우리가 뽑은 국회의원이 제대로 일하는지 감시해야 합니다. 일도 못 하고 세금만 축내는 국회의원은 다시는 국회에 발을 못 붙이게 해야 합니다.

몸집만 크고 전투력 바닥인 여의도 빌런

해마다 연말에 예산 전쟁이 벌어지는 이유, 이제 모두 아셨죠? 정부 예산안을 지키려는 여당과 줄이고 바꾸려는 야당의 총공세가 날마다 이어집니다. 미디어는 양비론과 단독 보도를 장착한 채 '경마식 저널리즘'을 온전히 실현합니다. 국회의원들은 아군과 적군으로 나뉘어 자기 당을 위해 싸우죠.

사실 딴생각도 품습니다. '어떻게 이 어지러운 전장에서 나만의 전리품을 챙길까?'

줄일 수는 있어도 올릴 수는 없는

예산안은 법률이 아닙니다. 무슨 소리냐고요? 국회는 입법권을 갖고 있습니다. 예산안을 짜지 않는다는 뜻이죠. 정부가 예산안을 짜면 국회는 심의만 해요. 정부 제출 예산안에서 새로 편성되는 항목은 1퍼센트 정도라고 여러 번 말씀드렸죠. 해마다 거의 똑같은 비율입니다. 더는 새로울 구석 없는 점증주의 예산안이죠. 지난 예산안을 그대로 끼워 넣고 금액만 조금 고칩니다. 변화를 싫어하는 관료제의 특성이 정부 예산안에서도 뚜렷하게 나타나는 겁니다. 관료제의 문제점은 잠깐 뒤로 미루고, 다시 국회 이야기를 하겠습니다.

국회는 정부가 내놓은 예산안을 살피고 필요 없는 금액을 삭감할 수 있습니다. 증액을 할 수는 없죠. 증액은 오롯이 정부가 지닌 권한입니다. 국회가 증액을 하려면 정부가 동의를 해야 합니다. 감액은 되는데 증액은 안 되니 예산안을 심사하다가 곳곳에서 문제가 터집니다.

정부가 낸 예산안을 국회는 예결위를 열어 심의하고 확정합니다. 보통 심사라고 하면 무슨 대단한 권한이 있는 듯 보이는데, 실상은 그렇지 않습니다. 예결위는 정부가 제출한 예산안을 모두 심사하지 않습니다. 시간도 없고 범위도 지나치게 넓거든요. 예산안이 해마다 똑같은 내용이라는 점도 한몫합니다. 예결위는 여러 상임위에서 논의했거나 예결위원이 증액 또는 감액 의견을 낸 예산 사업만 놓고 심사합니다. 국회에서 논의하지 않은 예산 사업은 그대로 통과시킵니다.

카톡 예산 날아드는 소소위

국회가 심사한 몇 안 되는 예산 사업도 사실 불투명한 과정을 거쳐 통과됩니다. 심사를 진행하는 예결위는 권한이 별로 없거든요. 오히려 그 아래의 아래에 자리한 '소소위'가 지닌 권한이 막강하죠. 소소위는 예결위 산하 소위원회보다 더 아래에 있는 조직입니다. 법적 근거가 없는 실무 조직이죠. 그런 소소위가 왜 힘이 더 셀까요?

소소위는 회의 기록을 남기지 않아도 됩니다. 법으로 규정된 조직이 아니기 때문이죠. 회의 장소나 회의 시간도 공개할 필요가 없습니다. 자연스럽게 '밀실 심사'를 하기 딱 좋은 조건이 되는 셈이죠. 소소위 안에서도 누가 가장

> **소소위** 국회 예산안조정소위원회 산하 소소위원회. 예결특위 위원
> 장과 여야 각 당 간사 1명, 기획재정부 차관 등이 참석한다.

힘이 셀까요? 예결특위 위원장일까요? 아닙니다. 각 당 교섭단체 간사입니다.

왜 간사가 힘이 셀까요? 지역구를 기반으로 한 국회의원들이 자기 당 간사에게 예산 로비를 하거든요. 지역구에 유리한 예산안을 잘 좀 봐주십사 하면서 '쪽지 예산', 요즘에는 '카톡 예산'을 들이밉니다. 소소위에서 알맞게 '감액'을 잘해야만 국회의원이 필요한 곳에 '증액'을 요청할 수 있거든요.

그래서 각 당 간사의 입김이 커질 수밖에 없고, 국회의원들도 소소위에서 회의한 내용이 비공개여도 가만히 있는 겁니다. 여야 사이 예산 전쟁도 중요하지만, 자기만의 전리품을 얻으려는 국회의원들이 하는 노력도 참으로 눈물겹지 않습니까!

한발 뒤 물러나면 보이는 막강 빌런

중요한 예산 사업을 예결위에서 확정하지 않고 각 당 원내대표나 여러 차원의 협상을 거쳐 정치적으로 해결할 수도 있습니다. 더 효율적일지도 모르죠. 그래도 소소위에서 비공개로 불투명하게 예산안을 심사하고, 심사가 끝나자마자 시간에 쫓겨 본회의로 직행하는 낡은 행태는 반드시 고쳐야 합니다.

여기에는 기획재정부가 보내는 입김도 크게 작용합니다. 제출한 예산안이 별 무리 없이 통과되려면 지금 구조도 나쁘지 않거든요. 정부 처지에서는 괜히 국회에 심사할 시간을 더 줘봐야 골치 아픈 일만 늘기 때문이죠.

작은 면만 보면 게임이 흘러가는 전체 흐름을 제대로 알 수 없습니다. 조금 뒤로 물러서야 판을 두루 주무르는 진짜 권력자가 비로소 눈에 들어오죠. 전체 예산안의 1퍼센트 정도만 심사하는 국회에 힘이 있을 리가 없습니다. 나머지 99퍼센트를 떡 주무르듯 하는 기재부가 더 막강한 빌런이 아닐까요?

예산은 정치, 정치는 돈

예산은 정치입니다. 돈을 어떻게 따내고 줄이는지 고민하는 과정은 전쟁 같습니다. 그 전쟁을 위에서 내려다보는 실세가 누구인지 다시 한 번 생각해야죠. 1퍼센트를 두고 아옹다옹하는 빌런 300명보다 99퍼센트를 장악한 단 하나의 초강력 빌런이 게임의 열쇠를 쥐고 있을지 모르잖아요. 뭘 제대로 알아야 우리도 게임판에 뛰어들 수 있습니다. 나라 살림의 주인 노릇을 하려면 전체 판을 이해하는 눈부터 키워야겠죠.

낙엽 따라 가버린 예산

가을이 되면 낙엽이 떨어집니다. 국회는 예산 금액을 떨어
트리려는 쪽과 지켜내려는 쪽이 전쟁을 시작합니다. 야당
은 실패한 정책들을 조목조목 따지고 듭니다. 감액의 변이
성립해야 하니까요. 여당이 내세운 장밋빛 경제 전망도 깎
아내립니다. 경제를 망쳤다며 대국민 사과도 요구합니다.
그래야 정부가 만들고 여당이 동조한 팽창 예산을 조금이
라도 깎을 수 있으니까요. 예산 전액 삭감 투쟁도 불사합
니다. 낙엽이 쌓일수록 야당의 화력은 거세져만 가죠.

채널 돌아가는 연말 특집 막장 드라마

야당이 포를 쏘는데 여당이 가만히 있을 리 없죠. 전투태세를 갖춘 여당 국회의원들은 야당이 내세우는 주장이 터무니없다고 잘라버립니다. 여당은 재정 건전성을 최대한 건드리지 않는 범위에서 짠 예산안이라며 정부 편을 듭니다. 예산안을 볼모로 자꾸 시비를 거는 야당을 비판하죠. 한쪽이 으르렁대면 한쪽은 발톱을 세웁니다. 똑같은 래퍼토리에 시민들은 지쳐갑니다. 또 싸우나 보다 합니다. 뉴스에서 흘러나오는 몇 백 조 슈퍼 예산안은 나하고 별 상관없는 돈처럼 느껴집니다. 점점 정치에 무관심해집니다. 그깟 돈 될 대로 되라고 하면서 채널을 돌립니다. 정말 '그깟 돈'일까요?

시민들이 나라 살림을 나 몰라라 하는 사이 국회의원들은 자기 입맛에 맞게 이리 고치고 저리 바꿉니다. 계산 빠른 의원들은 자기 지역구에 관련된 예산안이 뭔지 벌써 잘 알고 있죠. 지역구에 도로를 깔 예산안이라면 어떻게 해서든 증액을 요구합니다.

지역구 예산을 확보하려는 전쟁은 여야가 따로 없죠. 예산안은 한쪽을 증액하면 어느 한쪽을 감액해야 합니다.

전체 예산은 한정적이니까요. 밑돌 빼서 윗돌 고이는 꼴이 되는 겁니다. 지역구 예산을 증액하려면 어느 돌을 빼야 할까요? 당연히 국가 예산이겠죠. 전체 나라 살림을 잘 꾸리라고 뽑은 국회의원이 자기 지역의 작은 살림만 보살피느라 큰 살림을 무시하는 상황이 벌어지는 거죠.

나눠 먹고, 쪼개 먹고, 혼자 먹고

총선을 앞두면 여야 사이의 예산 나눠먹기가 심해집니다. 거물 정치인들도 지역구 예산을 늘리려고 혈안이 됩니다. 한 정치인이 지역 도로를 건설하는 데 몇 십 조나 몇 천 억 원을 증액하라고 당당하게 요구합니다. 지역구 주민들은 우리 의원님 일 잘한다고 부추깁니다. 이럴 때는 시민들도 전체를 보지 않습니다. 오로지 자기 지역, 자기 개인의 이득만 생각하죠. 당장 내 집 앞에 매끈한 고속도로가 깔리고 깨끗한 공원이 생기는 일을 마다할 사람은 없잖아요. 철판 깐 국회의원과 뻔뻔한 국민의 합작품이 여기저기서 터져 나옵니다.

　이런 과정을 거치면 증액된 예산의 절반 정도는 국가 정책에 아무 상관없는 선심성 지역 예산이 차지하게 됩니다. 2018년 예산안 심의 과정에서 증액한 1243개 예산 사업을 들여다보죠. 증액된 5조 5537억 원에서 '지역구 챙기기' 예산은 48.7퍼센트인 2조 7019억 원에 이릅니다. 거의 절반이 지역구 예산입니다.

지역 차이도 뚜렷해집니다. 17개 광역자치단체에서 전남, 경기, 경북, 서울, 광주가 증액된 지역 사업 예산의 69퍼센트를 차지합니다. 울산, 인천, 제주 등은 지역 예산이 별로 늘어나지 않았고요.

혼자서 235건이나 되는 예산 증액을 요구한 국회의원도 있다고 하죠. 전체 나라 살림을 살펴야 할 국회가 지역 민원을 해결하는 창구로 전락했다는 비판을 받기에 딱 좋은 상황이죠?

주머닛돈이 쌈짓돈, 저 예산은 내 세금

여야 국회의원들이 요구하는 예산 증액은 대개 에스오시 사업에 집중됩니다. 무더기 증액을 하느라 정작 필요한 예산안 심사는 늘 뒷전이죠. 주52시간제를 확대해 시행하기 위한 근로기준법 개정안 등 보완해야 할 민생 법안이 심사 보류됩니다. 지역구에 혜택을 몰아주느라 전체 국민의 삶의 질이 떨어지는 겁니다.

대한상공회의소가 300개 기업을 대상으로 〈20대 국회에 대한 기업인식과 향후 과제〉를 조사했습니다. 기업인들은 국회에 몇 점을 줬을까요. 경제 관련 입법 분야에서 4점 만점에 1.66점입니다. 낙제죠. 정치 이슈와 국회의원 개인의 견해에 따라서 경제 관련 법안이 제때 처리되지 못한다고 본 겁니다. 지금처럼 민생과 나라 경제가 국회의원들의 사리사욕을 채우느라 뒷전으로 밀린다면 나중에 더 큰 문제가 터집니다.

여러 번 강조하지만 돈은 쓰임의 '방향'이 중요합니다. 지금은 거꾸로 가고 있습니다. 몇 백 조에 이르는 예산안에 견줘 지역에 할당되는 몇 천 억은 적어 보이기도 합니다. 몇 천 억은 정말 작은 돈일까요? 무시해도 되는 '그깟 돈'인가요. 아닙니다. 우리가 지켜야 할 세금입니다. 국회의원들 입맛 따라 여기저기 편하게 꺼내 써도 되는 쌈짓돈이 아닙니다.

적자생존 ― 기록은 힘이 세다

부모님한테 용돈 타 쓸 때 눈치 한참 보듯 국회의원들도 우리들 눈치를 잘 살펴야 합니다. 체크카드나 신용카드 쓸 때 곧바로 문자를 받잖아요. 국회의원이 예산을 지출하려 할 때도 알림 문자를 받아야죠. 우리가 모르고 지나가도 된다고 허용하니까 이런 사단이 나는 겁니다.

핸드폰 알림 문자를 진짜 받을 수는 없으니까 국회에서 진행되는 예산안 심사 과정을 모두 기록해야 합니다. '방향이 바뀌려면 먼저 '투명'해져야 하기 때문이죠. '적자생존'이라고 하잖아요. '적는 자만이 살아남는다'는 말을 국회의원들도 기억하고 실행하면 됩니다. 기록이 남는 순간, 비로소 투명한 예산 정책이 시작되는 때입니다.

셧다운, 미국은 되고 한국은 안 되고

미드 〈웨스트 윙〉 아시죠? 1999년부터 방영된 인기 시리즈입니다. 노무현 전 대통령이 취임 초부터 즐겨본 드라마라고 해서 화제가 되기도 했죠. '웨스트 윙The West Wing'은 백악관 서쪽 건물을 뜻합니다. 대개 비서실 간부들이 일하는 곳이죠. 이 드라마에서 인상적인 장면이 하나 있습니다. 예산안이 통과되지 못해서 일어난 셧다운 사태죠. 빌 클린턴 전 미국 대통령을 떠오르게 하는 버틀렛 대통령(마틴 쉰)이 셧다운을 타개하려고 야당인 공화당 원내대표 사무실로 찾아갑니다. 공화당은 깜짝 방문에 우왕좌왕하죠. 그러는 사이 시간이 꽤 지나갑니다. 보좌관들이 빨리 돌아가자고 하자 대통령은 걸어서 백악관으로 가는 일종의 시위를 합니다. 문전박대한 야당에 옹졸한 이미지를 덧씌운 셈이죠. 대통령은 여론전에서 우위에 서고, 야당을 협상으로 끌어내 예산안을 처리합니다.

예산안이 막히면 나라가 멈추고

2019년 1월, 드라마 같은 일이 미국에서 진짜 벌어졌습니다. 도널드 트럼프 대통령과 여당인 공화당은 셧다운 69시간 만에 민주당하고 잠정 합의를 했습니다. 드라마에서는 대통령과 여당이 승리하지만, 현실에서 트럼프는 완패했죠. 어떻게 된 걸까요?

셧다운은 '일시적인 부분 업무 정지 상태'를 뜻합니다. 미국은 의회에서 예산안을 합의하지 못하면 연방 정부가 셧다운 상태에 들어갑니다. 예산안이 합의될 때까지 군인, 경찰, 소방, 우편, 항공 등 국민의 생명과 재산을 보호하는 데 직결되는 '핵심 서비스'에 종사하는 인력만 빼고 모든 공무원이 강제 무급 휴가를 받습니다. 미국은 공무원이 200만 명 정도입니다. 그중 80~120만 명이 일을 안 하게 되는 셈이죠. 남은 공무원들은 어떨까요? 업무를 계속하기는 하지만 예산안이 합의될 때까지 보수를 받을 수 없습니다. 이런 점 때문에 셧다운은 정치권에 큰 부담이 됩니다.

미국은 정부가 쓸 세출 예산안을 상원이 반드시 승인해야 한다고 법에 규정하고 있습니다. 권력을 철저히 나누겠다는 의지죠. 행정부가 예산안을 내놓으면 상원과 하원은 10월 1일부터 9월 30일까지 최종 예산안을 편성합니다. 상원은 이 예산안을 승인할 고유 권한을 지닙니다. 상원이 승인하지 않으면 정부는 '재정 공백' 상태에 빠집니다. 바로 셧다운이죠. 회기마다 셧다운이 발생하면 안 되기 때문에 '임시 지출 예산'이나 '잠정 예산안' 같은 안전장치도 있고요.

셧다운 사태를 일으킨 쟁점은 '다카'(불법 체류 청소년 추방 유예제)였습니다. 이 제도를 폐지하는 문제를 두고 여야가 날카롭게 부딪쳤죠. 버락 오바마 정부가 만든 이 제도는 불법 체류 청소년이 2년마다 허가증을 갱신하면 교육과 노동의 자유를 보장하는 내용을 담고 있습니다. 트럼프 정부가 다카를 연장하지 않겠다고 선언하면서 야당인 민주당하고 대립의 골이 깊어진 겁니다.

정치적이고 사회적인 이슈 때문에 시작된 셧다운은 사

> **준예산** 국가 예산이 법정 기간 안에 성립하지 못할 때 정부가 일정한 범위 안에서 전 회계 연도 예산에 맞춰 집행하는 예산.

실 경제적인 파급 효과가 엄청납니다. 미국 연방 정부는 세계에서 돈을 가장 많이 쓰는 조직입니다. 2016년에서 2017년 사이에 연방 정부가 쓴 돈은 4조 1470억 달러, 우리 돈으로 4434조 8000억 원 정도나 됩니다.

이렇게 어마어마한 돈을 쓰는 조직이 개점휴업 상태면 경제는 어떻게 될까요? 여기저기서 피해가 생길 수밖에 없죠. 2013년 오바마 정부 시절에 일어난 셧다운 사태를 잠깐 살펴볼까요?

국제 신용평가 회사 무디스는 200억 달러 정도나 되는 피해가 발생했다고 보고합니다. 그해 사사분기 경제 성장률이 0.5퍼센트나 떨어졌죠.

준예산 ─ 한국에 셧다운이 없는 이유

한국은 왜 셧다운 제도가 없을까요? 셧다운은 게임 좋아하는 사람들에게 오히려 익숙한 단어죠. 만 16세가 안 된 청소년을 상대로 게임 이용 시간을 규제한 '게임 셧다운 제도'가 있잖아요.

미국은 예산안이 통과되지 않으면 셧다운 사태가 벌어지잖아요. 한국은 어떨까요? 예산안이 통과되지 못하면 경제적으로 큰 피해가 생기고 경제 성장률도 떨어질까요? 국민들 눈치를 보느라 어떻게든 합의하려고 애쓸까요? 그런 일은 결코 일어나지 않을 겁니다. '준예산'이라는 제도가 있거든요.

준예산 제도가 있으니 정부는 예산안이 통과되지 않아도 급할 게 없습니다. 전체 예산안에서 신규 예산이 고작 1퍼센트 정도라서 부담도 없죠. 미국과 한국의 차이는 어디서 생기는 걸까요? 핵심은 예산안이 법률이냐 아니냐에 있습니다. 한국은 예산안이 법률이 아니고 미국은 법률이거든요. 입법 기관인 국회는 법률이 아닌 예산안에 힘을 쓸 수 없죠. 당연히 국회의 예산 장악력에 큰 차이가 날 수밖에 없고요.

현상 유지 좋아하는 폭군, 관료

한국은 국회가 예산을 전혀 통제하지 못합니다. 원칙만 따지면 국회의 예산 권한은 강해져야 합니다. 이런 원칙을 누가 반대할까요? 기재부를 비롯한 관료들입니다.

관료는 '현상 유지를 좋아하는 폭군'입니다. 국회를 불신하는 시민들의 정서도 큰 구실을 합니다. 자기만 아는 고양이에게 생선을 맡길 수 없다는 거죠. 서로 믿지 못하면 어쩔 수 없습니다. 경쟁하고 싸울 수밖에요. 불신과 견제, 예산 전쟁이 점점 치열해지는 가장 큰 이유입니다.

슈퍼 예산안인가 슈퍼 예산 아닌가

2020년 예산은 512조 3000억 원입니다. 삭감되기 전 정부 예산안은 513조 5000억 원이었습니다. 반올림하면 514조 입니다. 숫자만 보면 언뜻 와닿지 않습니다. 어마어마하잖 아요. 지갑에 달랑 만 원짜리 몇 장도 들고 다니기 힘든 서 민은 감도 오지 않는 돈이죠. 너무 방만하게 예산을 운영 하지 않느냐고 말하는 사람도 있습니다. 나라 살림을 꾸 리려면 정말 이 정도 돈이 필요할까요?

얼마면 돼? — 슈퍼와 긴축 사이

나라 살림을 꾸릴 때마다 '역대급'이라거나 '슈퍼 예산'이라는 말들이 쏟아집니다. 한국의 경상 기준 경제 성장률은 3퍼센트 정도입니다. 514조 예산안은 전년도에 견줘 9퍼센트 정도 인상된 수치입니다. 경제 성장률의 딱 3배 정도죠. 이를 두고 무리한 확장 예산이라고 보기도 하고 경기 위축을 대비한 재정을 확보하는 수준이라고 보는 시각도 있습니다. '슈퍼 예산안' 논쟁은 왜 해마다 반복될까요?

국내총생산, 곧 지디피가 증가하면 당연히 나라 살림도 규모가 커집니다. 해마다 예산안도 늘어나죠. 얼마를 벌고 얼마를 쓰는지에 따라 문제가 달라지겠죠. 어느 가정이 한 달에 500만 원을 번다고 치죠. 그 집은 한 달에 300만 원을 씁니다. 적자는 안 나겠죠. 또 다른 집을 볼까요? 이 집도 한 달에 500만 원을 법니다. 한 달 지출액은 600만 원이군요. 적자입니다. 슈퍼 예산안 논쟁도 마찬가지입니다. 얼마 벌고 얼마 쓰는지에 따라 무리한 예산 집행이 될 수도 있고 긴축 예산 집행이 될 수도 있죠.

슈퍼 예산 안에 슈퍼 없다

2019년에도 슈퍼 예산안 논쟁이 벌어졌습니다. 2018년에 견줘 9.7퍼센트가 증가한 470조가 편성됐죠. 재정 확대를 주장한 시민단체들은 환영했지만 재정 건전성을 염려하는 보수 언론이나 학자들은 예상대로 '슈퍼 예산안'이라고 부정적으로 평가했습니다.

먼저 '확장적 예산'이라는 말이 맞는지 살펴보겠습니다. 정부가 낸 '중기 재정 지출 계획'을 보면 2020년 7.3퍼센트, 2021년 6.2퍼센트, 2022년 5.9퍼센트로 지출 증가율이 점점 떨어지네요. 앞으로 재정 지출 증가 규모가 낮아진다는 뜻입니다. '확장'이라는 말을 쓰기가 좀 뭐하죠. 반대편에 선 보수 언론과 학자들 주장도 살펴보겠습니다. '작은 정부'를 주장하는 이들은 자꾸 늘어만 가는 정부 예산안이 문제라고 봅니다. 전년도에 견줘 예산안이 조금만 늘어도 방만한 운영이라고 비판하죠. 사실 1998년 외환위기 때를 빼고 예산안이 준 적이 없기도 하죠.

경제가 성장하면 세수도 당연히 늘어납니다. 세수가 늘어나면 나라 살림도 커지죠. '슈퍼 예산안'은 과장된 표현입니다. 예산안이 늘면 나라 채무도 늘어난다는 걱정도 기

> **국내총생산(GDP)** 한 나라 안에서 일정 기간 생산된 최종 재화와 용역의 합. 지역을 기준으로 국내에서 생산된 것이면 내국인이 생산하든 외국인이 생산하든 모두 포함한다.

우입니다. 2018년 본예산의 국가 채무는 708조 원으로 지디피의 39.5퍼센트였습니다. 추경 때 초과 세수로 국채를 조금 갚아서 700조 원, 38.6퍼센트로 줄었죠. 나라 걱정 많은 여러분이 하는 말하고 다르게 점점 줄고 있죠.

앞으로 초과 세수는 훨씬 더 많아질 듯합니다. 국가 채무도 점점 줄어들겠죠. 나라 살림을 확장하면 국가 채무의 늪에 빠진다는 논리는 잘못됐습니다. 애초에 기준점을 잘못 잡았거나 적자 재정을 지나치게 걱정한 탓입니다. 정치적 프레임을 덮어씌우려는 꼼수일 수도 있고요. 일단 물고 늘어지는 전략을 쓰는 거죠. 다만 재정수지가 28조 5000억 원 적자(지디피 대비 1.6퍼센트)에서 33조 4000억 원 적자(지디피 대비 1.8퍼센트)로 늘어난 점은 문제일 수 있습니다. 유럽연합이 제시한 재정 건전성 기준에 따르면 걱정할 정도는 아니지만요. 재정 적자가 지디피의 3퍼센트 안쪽이면 별 문제가 없다고 보거든요.

슈퍼 예산안 논쟁에 민생 없다

가장 큰 문제는 '슈퍼 예산안'이라는 화두를 들고 여야 국회의원들이 벌이는 소모적인 전쟁입니다. 정부와 여당은 밀어붙이려 하고 야당은 딴죽을 걸면서 시간을 끌려 합니다. 서로 할 일을 하려는 데 뭐라고 할 수는 없겠죠. 그래도 내용은 건설적이어야죠.

관성에 젖은 싸움을 하느라 해마다 비슷한 예산안을 내놓습니다. 매번 비슷한 전략에 베끼기식 전쟁으로 무엇을 얻을 수 있을까요. 여야가 정쟁을 위한 전쟁만 벌이면 우리들의 삶은 피폐해질 수밖에 없습니다. 앉아서 고래 싸움에 새우등 터질까요, 아니면 양쪽 고래를 다 잡고 바다로 나아갈까요.

습관성 추경 증후군

살다 보면 돈이 급할 때가 있습니다. 월급날 아직 먼데 친구 아이 돌잔치가 잡히거나, 갑자기 크게 다치는 바람에 큰돈을 써야 할 때 말이죠. 그럴 때는 어떻게 하세요? 부모님한테 어쩔 수 없이 손을 벌리거나 친한 친구한테 어렵게 돈 이야기를 꺼낼 겁니다. 은행 대출 창구 앞에 초조하게 앉아 있게 될지도 모르죠.

이런 낭패가 가정 경제에만 닥칠까요? 기업도 국가도 돈이 쪼들리면 똑같이 휘청거립니다.

아이엠에프 탈출형 습관성 추경 증후군

국가가 돈이 부족할 때 '땡기는' 돈을 '추가 경정 예산'이라고 합니다. 줄여서 '추경'이죠. 추경은 예산이 성립한 뒤에 일어난 부득이한 사유 때문에 예산에 변경을 가한 예산을 뜻합니다. 쌈짓돈, 달리 말해 보너스라고 할까요.

정부는 해마다 1월부터 12월까지 1년 단위로 나라 살림을 짭니다. 바로 예산이죠. 나라 살림의 수입과 지출을 꼼꼼히 파악해 계획을 짭니다. 예산안이 국회를 통과하면 잘 꾸려가기만 하면 되죠. 그런데 도중에 문제가 생깁니다. 사람 사는 데 문제가 안 생길 수 없듯이 나라 살림을 꾸려가다 보면 예상하지 못한 문제가 불쑥 터지는 거죠. 그럴 때 정부는 추경을 편성합니다. 추경은 세입이 예상보다 크게 줄거나 예상하지 못한 지출 요인이 생긴 때 국회의 동의를 받아 진행합니다.

예전에는 태풍이나 가뭄 등 천재지변이 일어날 때 추경을 편성한 적이 많았죠. 요즘에는 전년도에 쓰고 남은 세수 초과분을 중소기업 지원이나 에스오시에 쓰려고 편성할 때가 많습니다. 아주 특별한 사유가 아니면 추경을 짜는 일이 없게 법으로 엄격히 규정하고 있죠. 그런데 1998

년부터 2018년까지 15번이나 추경을 편성했습니다. 한 해에 두 차례나 추경을 편성한 적도 있을 정도죠.

왜 좀더 꼼꼼하게 예산안을 짜지 못해서 자꾸 추경을 하게 될까요? 아무리 예측하지 못하는 일이 벌어지더라도 말입니다. 김대중 정부는 외환 위기 뒤 어려운 경제 상황 때문이라며 해마다 추경을 했습니다. 노무현 정부도 2003년부터 2006년까지 4년 연속 추경을 했죠. 그전의 한나라당이나 새누리당 정부도 마찬가지였습니다.

계산법 바꿔 습관성 추경 막아야

문재인 정부도 추경을 편성했습니다. 유례없는 소득 격차, 일자리 문제 등 경제 상황이 재난 수준인 만큼 법적 요건을 충족한다며 추경을 실행했습니다. 그렇게 해서 2015년부터 해마다 추경이 이어지게 됐죠. 세수 초과분과 쓰고 남은 돈을 잘 추려서 쓰겠다는 계획은 언뜻 문제가 없어 보입니다. 빚 안 내고 돈 쓴다는데 마다할 이유가 없죠. 조금 더 들여다보면 이야기가 달라지지만요.

애초에 세수 초과분을 미리 예측하지 못한 점이 이유

가 뭘까요. 세금이 예상보다 더 걷혔다는 말은 원래 예산을 짤 때 계산을 잘못했다는 뜻입니다. 세수가 적게 걷힐 예상을 하고 적게 쓰다가 예산이 남아돈다면 근본 원인을 바로잡아야 합니다. 왜 세금이 더 많이 걷히고 남아도는지 정확히 계산기를 두드려야죠. 세수 초과분으로 추경을 편성한다고 칭찬할 일은 아니라는 말입니다. 돈은 무조건 아끼고 남긴다고 미덕이 아닙니다. 많은 사람에게 영향을 미치는 나라 살림이라면 더 정확히 예측하고 적재적소에 쓸 줄 알아야 합니다. 모두 우리가 내는 세금이기 때문이죠.

지금까지 추경은 각 부처에 돈을 찢어주는 식이었습니다. 각 부처는 추경 이야기가 나오면 속으로 쾌재를 불렀죠. 모자란 예산을 당길 좋은 기회잖아요. 여러 이해 집단이 벌이는 민원성 예산 밀어넣기도 문제입니다. 2015년 메르스 추경 때는 대형 병원들이 큰 반사 이익을 얻었죠.

추경 예산은 수혜자에게 직접 지원되지 않고 기관을 거쳐 집행되는 사례가 많습니다. 현금 전달 방식을 불신하는 분위기 탓이기도 합니다. 지진이 나면 재난 추경이 편성되죠. 정말 급한 돈이지만 이재민한테 직접 가지 않고 지자체나 구호 기관을 거칩니다. 관료식 구조가 예산을 중간에서 가로채는 기생적 시스템을 낳았다고 볼 수도 있죠.

일자리 추경이면 일자리가 필요한 사람에게 직접 혜택이 돌아가야 합니다. 1단계, 2단계 기관을 거치는 동안 정작 필요한 사람에게는 아주 조그만 돈만 돌아갑니다. '취업 성공 패키지' 같은 사업을 살펴볼까요. 청년층 일자리 문제를 해결하려고 만든 이 사업에 예산 3405억 원이 배정됐습니다. 그중 위탁 사업비가 1111억 원이었습니다. 1111억 원이 인력 소개 컨설팅 업체를 지원하는 돈으로 빠져나간 겁니다. 청년을 지원하려고 편성된 추경 예산이 위탁 기관의 배만 불려주는 꼴이 된 셈이죠.

잘못된 예산을 바로잡는 추경이 진짜 추경

앞으로 편성될 추경은 잘못된 예산 구조를 바로잡는 계기가 돼야 합니다. 군이 돈이 필요하지 않은 공기업이나 관료, 관련 업체 종사자에게 지원하는 예산은 크게 줄여야 합니다. 정말 돈이 필요한 사람을 찾아 직접 지원하는 방식으로 바뀌어야 합니다.

추경 심의 절차에도 변화의 바람이 불어야 합니다. 기재부가 주도해서 예산을 편성하고 국회가 절차에 따라 심의하는 방식에서 벗어나 시민이 적극 참여하는 형태로 탈바꿈해야 합니다. 공청회도 열고 토론도 하면서 정부와 국회에 적극 요구해야죠. 세금의 주인인 시민들이 가만히 앉아서 게임만 관전하면 그런 기회는 주어지지 않습니다.

뭐가 무섭습니까? 우리 돈으로 고용한 일꾼인데요. 일꾼이 나랏돈을 엄한 데 쓰지는 않는지 고용주인 우리가 장부 펼쳐 들고 따북따북 따져 물어야 합니다. 그런 모습이 나라 살림을 제대로 꾸리는 모범적인 주인의 자세겠죠.

구린 돈과 표가 만나는 곳, 유치원

한국은 교육열이 세계 최고죠. 다들 우리 아이만큼은 좋은 환경에서 훌륭한 선생님들하고 함께하며 자라기를 바랍니다. 그 바람에 찬물을 끼얹는 일이 얼마 전 있었죠.

2018년에 벌어진 사립 유치원 사태 말입니다. 아이들 교육비로 써야 할 돈을 명품 가방, 술값, 심지어 성인용품 등 애먼 곳에 쓰다가 들켰죠. 정부가 강력한 조치를 취한다고 예고하자 사립 유치원 원장들이 모인 한국유치원총연합회(한유총)가 개학 연기 등 집단 휴업을 하겠다며 맞섰죠. 아이들을 맡긴 학부모들은 불안에 떨어야 했습니다. 다행히 집단 휴업은 취소되고 한유총도 꼬리를 내렸죠.

내 돈은 내 돈이고 네 돈도 내 돈이고

그렇게 갈등이 지나가나 싶었는데 또 시끌벅적해졌습니다. 2019년 겨울, 사립 유치원들은 이른바 '유치원 3법'으로 다시 뉴스에 오르내렸어요. 유치원 3법은 정부와 여당이 국가 회계 시스템인 '에듀파인'을 도입해 사립 유치원의 돈 씀씀이를 투명하게 하자는 취지로 마련됐습니다. 한유총은 사유 재산권을 침해한다며 곧바로 반발했죠. 야당인 자유한국당은 국정조사 등 갖가지 핑계를 대며 법안 처리를 늦췄고요. 여당이 내놓은 중재안마저 끝까지 거부하고 시간을 끌었죠. 결국 유치원 3법은 2018년 12월에 패스트트랙으로 지정됩니다.

다시 1년이 지나고 2019년 12월이 됩니다. 자한당은 유치원 3법 수정안을 내놓습니다. 유치원 3법의 본래 취지에서 크게 어긋나는 내용이었죠. 수정안은 정부 돈과 학부모가 내는 돈을 별도 회계로 분리하는 조항이 핵심이죠. 이렇게 되면 학부모 돈은 정부 회계 감사를 벗어나게 됩니다. 엉뚱한 곳에 돈을 막 써도 형사 처벌을 받지 않는다는 뜻이죠. 학부모와 시민단체들은 수정안을 제시한 야당의 의도가 불순하다며 강하게 반발했습니다. 모든 국민을 대

변해야 하는 국회의원이 비리 집단인 한유총의 대변인 노릇을 하니까요.

교육 자영업자 한유총

사립 유치원은 1980년대 전두환 독재 정권 때 갑자기 늘었습니다. 1981년 만든 '유아교육 진흥 종합계획'에서 유치원 취학률을 38퍼센트까지 높인다는 목표를 세웠죠. 이목표를 달성하려고 사립 유치원 증설을 감행합니다. 사설학원이나 비인가 유치원에도 인가증을 줬죠. 시설 규정도 풀고 학비 제한도 없앴죠. 무자격 원장이나 교사도 유치원을 운영할 수 있게 한시적으로 규제를 풀었고요. 그러자 1980년 861곳이던 사립 유치원이 1987년에는 3233곳으로 늘어납니다. 2016년 기준으로 사립 유치원은 4291곳이었습니다. 그중 3739곳을 개인이 운영했죠. 학교 법인하고 다르게 사립 유치원은 법인으로 전환하지 않아도 설립과 운영이 자유롭기 때문이었죠. 사실상 자영업인 셈입니다.

유치원 수가 늘어난 만큼 정부 지원액도 덩달아 급증했습니다. 2016년 결산 결과를 볼까요. 사립 유치원에 2조

330억 원 정도가 지원됐습니다. 유치원 1곳당 4억 7000만 원, 유치원생 1명당 400만 원꼴이죠. 여기에 지자체가 따로 지원하는 예산은 들어가지 않았습니다. 그동안 정부 회계 감사 없이 호시절을 보낸 한유총이 유치원 3법에 발끈하는 이유를 알 수 있겠죠.

한유총은 크게 세 가지를 주장합니다. 첫째, 국공립 확대를 반대하고, 둘째, 정부 지원금을 확대해야 하고, 셋째, 회계 감사를 반대한다는 겁니다. 구호도 명확합니다.

"사유 재산 인정하라! 부정 감사 중단하라!"

어쩌면 이렇게 뻔뻔할 수가 있을까요. 사립 유치원의 재산은 사유 재산이니 정부가 회계 감사를 할 권한이 없다고 주장하면서 정부 지원금은 받겠다는 거죠. 정말 이율배반적 태도 아닙니까. 시민들이 사립 유치원이 하는 주장에 분노하는 이유도 바로 이 부분 때문입니다. 가족을 거짓 직원으로 꾸며서 급여를 횡령하고 노래방이나 유흥 주점에서 아이들 교육비를 물 쓰듯 하면서 처벌도 받지 않겠다고 하면 어느 부모가 용납하겠습니까.

한유총은 이 모든 사태가 실패한 국가 정책 탓이라고 강변합니다. 한유총은 밉지만 어느 정도 맞는 말이죠. 정부가 수수방관하면서 땜질식 대응만 하다가 이 지경이 됐

> **회계 감사** 독립된 제삼자가 다른 사람이 작성한 회계 기록을 검토해 정확한지를 검사하는 일. 회계 기록에는 회계 장표, 회계 장표에 적힌 객관적 사실을 뒷받침하는 증빙 서류, 회계 기록의 내용을 명백하게 해주는 사실을 모두 포함한다.

으니까요. 처음부터 민간 부문을 활용해 모자란 교육 체계를 확장하려 한 발상 자체가 문제입니다. 사립 유치원 처지에서 보면, 정부 보조금을 받는 유치원들은 자체 건물을 소유하거나 매매하는 행위를 비롯해 용도 변경도 제한된 만큼 사유 재산권이 침해됐다고 주장할 수도 있겠죠. 해법은 어디에 있을까요.

아이들보다 유치한 어른들의 돈과 표

한국 사립학교의 시조로 흔히들 '해동공자'로 불린 고려 시대 문인 최충이 세운 구재학당九齋學堂을 듭니다. 최충이 세상을 떠난 뒤 나라에서 지원을 받게 된 이 학교는 교육 내용을 간섭받지 않는 범위에서 회계 감독을 받겠다고 했답니다. 고려 시대 사람들이 21세기의 한유총보다 훨씬 미래 지향적인 생각을 했네요.

하나를 얻으면 하나를 내줘야 하는 게 진리입니다. 양손에 모든 것을 움켜쥐려 하면 결국 아무것도 가질 수 없죠. 한유총은 시대 흐름을 읽고 정부 회계 감사를 받아들여야 합니다. 한유총 편에 선 국회의원들을 우리 모두 기억할 겁니다. 돈 흐름을 투명하게 하자는 쪽이 돈을 감추려는 쪽보다 훨씬 더 정의에 가깝기 때문입니다.

WAR OF MONEY

Part 4

나라 살림

조정하는

빌런 끝판왕, 관료

기재부, 부자들의 돈 지도를 그려라

정부가 열심히 일을 합니다. 일을 하다 보면 어딘가 막히고 불합리한 구석을 알게 되죠. 그런 곳을 체크해서 세법 개정안을 내놓습니다. 정부가 세법 개정안을 내면 국회가 받아 살핍니다. 논의를 거쳐 '안'이라는 꼬리표를 떼면 세법이 됩니다.

새롭게 탄생한 세법은 직간접으로 시민들의 삶에 영향을 미칩니다. 바뀐 세금 규정을 잘 알고 있어야 절세 효과도 얻을 수 있습니다. 새로 만들어진 세금이 있으면 미리미리 대비도 해야겠죠.

쿼바디스, 금융 소득 종합 과세

2018년 7월에도 어김없이 세법 개정안이 나왔습니다. 여러 쟁점에서도 유독 눈에 띄는 사안이 있었죠. '금융소득 종합 과세'입니다. 대통령 직속 정책기획위원회 산하 재정개혁특별위원회가 마련한 금융소득 종합 과세 방안을 기획재정부가 반대하면서 뉴스에 크게 나왔죠. 특위가 내놓은 주요 내용은 과세 대상 기준을 소득 2000만 원에서 1000만 원으로 낮추라는 권고였습니다. 대부분의 전문가와 언론은 특위 권고안을 정부가 받아들이리라고 예측했죠. 특위가 꼭 대통령 직속이기 때문만은 아니었습니다. 특위 위원에 기획재정부 세제실장도 들어가 있었거든요. 정부의 세제 방향을 책임지는 기재부 세제실장이 참여한 특위의 권고안을 정부가, 정확히 말해 기재부가 거부할 리는 없다고 생각한 겁니다.

세상일은 예측 불허라 재미있는 걸까요. 예측이 빗나갔습니다. 기재부는 특위 권고안을 뒤엎으며 이렇게 말했습니다. "종합부동산세와 금융소득세를 동시에 올리는 것은 부담스럽습니다." 특위 권고안에서 가장 논란이 된 사안은 종합부동산세였습니다. 기재부가 정말 부담스러웠을까요. 종부세 강화 방안은 취하고 금융소득세 강화 방안은 버렸습니다.

종부세 논란에 가려진 과세 기준 인하 갈등

소득 많고 자산 많은 사람은 종부세 강화보다 금융소득 종합 과세 강화가 더 무섭습니다. 고소득자들이 거세게 저항할까 염려해서 기재부가 세법 개정안에서 금융소득 종합 과세 강화방안을 누락시킨 걸까요? 왜 기재부 세제실장이 포함된 특위 권고안을 정면에서 거부한 걸까요?

금융소득 종합 과세는 말 그대로 금융소득을 종합해 세금을 부과하는 제도입니다. 소득세는 종합 과세가 원칙이죠. 내가 번 소득을 모두 합해 누진 과세를 한다는 뜻입니다. 누진 과세는 적은 소득에는 적은 세율을, 높은 소득에는 높은 세율을 적용합니다. 누진 과세를 하려면 당연히 종합 과세를 해야 합니다. 무슨 말이냐고요? 좀 더 쉽게 말씀드리겠습니다.

내가 근로 소득으로 100만 원, 사업 소득으로 100만 원, 기타 소득으로 100만 원을 벌면 총소득은 300만 원이 됩니다. 누진 과세는 이 300만 원이라는 총소득에 세율을 적용하는 겁니다. 각각의 100만 원이 아니고요. 이런 방식은 사회적으로 합의된 누진 과세의 대원칙입니다.

모든 원칙에는 예외가 있습니다. 바로 금융 소득입니다. 금융 소득은 금융 기관에서 받은 예금 이자나 주식 배당 소득을 말합니다. 통장에서 자잘하게 몇 백 원이나 몇 천 원 이자 소득이 생기면 종합 소득 신고를 해야 할까요? 행정 비용이 너무 많이 들겠죠. 금융 소득은 다른 소득에 합산하지 않고 그냥 단일 세율 14퍼센트를 적용합니다. 종합할 수 없으니 당연히 누진 과세도 안 되죠.

이자나 배당 소득이 적지 않을 때는 어떻게 될까요? 몇 백 원이라면 그냥 무시할 수 있지만 자산이 수십에서 수백 억 원이 넘는 부자들이라면 이야기가 달라집니다. 부자들에게도 똑같이 단일 세율 14퍼센트를 적용하면 오히려 누진 과세 원칙이 심각하게 침해받는 상황이 벌어지는 셈이죠. 그런 문제를 보완하려고 만든 제도가 바로 금융소득 종합 과세입니다.

금융 자산 8억 원과 기재부 관료들

일정 금액을 넘는 금융 소득은 원칙대로 종합 과세를 하자는 금융소득 종합 과세에 대체로 찬성했습니다. 기준 금액이 문제가 됐죠. 지금은 금융소득 종합 과세 기준이 2000만 원입니다. 생각보다 적다고요? 아닙니다. 금융 소득은 이자나 배당금이라고 했잖아요. 이자나 배당금으로 2000만 원이 생기려면 금융 자산이 8억 원 정도는 돼야 합니다. 순수하게 금융 자산만 8억 원이 되는 부자가 있을까요. 다른 재산까지 합치면 30~40억 원 정도 될 겁니다. 공정한 세율을 적용하려면 2000만 원에서 1000만 원으로 기준을 낮춰야 한다는 권고를 기재부가 누락한 겁니다.

　기재부는 세법 개정안을 국회에 제출하는 주체입니다. 나라 살림에 들어가는 돈을 쥐락펴락하는 가장 강력한 권한을 지녔다고 할 수 있죠. 국민 경제 전반에 영향을 미치는 사안일 때는 깊이 고민해야 합니다. 하루는 개정안이 확정될 듯 발표했다가 다음날에는 없던 일로 치부해서 혼란만 일으켰다는 비판을 받을 수밖에 없었죠.

관료들이 그린 지도 밖으로 행군하라

이런 행태는 마땅히 비판받아야 합니다. 여론을 충분히 듣지 않고 자기들끼리 만들고 없애고 하면 안 됩니다. 예산 전쟁에서 관료들이 지닌 힘은 생각보다 막강합니다. 돈을 틀어쥐고 푸는 구실을 하기 때문이죠. 게다가 로드맵을 짜는 능력을 부여받았습니다. 돈의 지도를 그릴 줄 아는 사람과 그 지도를 그냥 따라가기만 하는 사람의 능력은 하늘과 땅 차이일 수밖에요.

관료들이 그려놓은 지도를 그대로 따라가겠습니까? 아니면 이상한 이정표가 나타날 때마다 지도를 다시 그려달라고 요구하겠습니까? 우리가 직접 나침반 쥐고, 망원경 들고, 튼튼한 신발 신고 길을 가야 합니다. 예산 전쟁에서 승리하려면 만반의 준비를 갖춰야죠.

진실 게임, 가짜를 찾아라

2018년 12월, 한 젊은 전직 공무원이 유튜브에 얼굴을 내비쳤습니다. 청와대가 4조 원 규모나 되는 적자 국채를 발행하는 과정에 개입한 의혹을 제기했죠. 민간 기업인 케이티앤지의 사장을 교체하는 일에도 청와대가 개입했다고 폭로했습니다. 이른바 '내부 고발자'로 나선 신재민 전 기재부 사무관입니다.

유튜브를 통해 내부 고발을 이어가던 2019년 초, 기재부는 신 전 사무관을 공무상 비밀 누설 등 혐의로 고발했습니다. 신 전 사무관은 왜 위험을 무릅쓰고 폭로를 했을까요? 이 이야기들은 과연 사실일까요?

신 전 사무관은 기재부가 2017년 11월 15일에 예정된 1조 원 규모의 국채 조기 상환(바이백) 계획을 하루 전 갑작스레 취소했다고 밝혔습니다. 취소 당일, 기재부 재정관리관이 적자 국채 최대 발행 가능 규모를 8조 7000억 원이 아니라 4조 원으로 보고해서 김동연 부총리에게 질책을 받았다는 겁니다.

신 전 사무관은 기자 회견을 열어 폭로를 이어갔습니다. 김 부총리가 2017년 기준 지디피 대비 채무 비율을 낮추면 안 된다고 하면서 채무 비율을 39.4퍼센트까지 끌어올려야 한다고 구체적인 숫자까지 제시했다는 겁니다. 이 말은 무슨 뜻일까요?

문재인 정부 청와대가 박근혜 정부에 견줘 경제를 잘 운영하는 양 보이려고 채권 조기 상환을 취소한 뒤 오히려 막대한 이자 부담을 불러오는 적자 국채를 발행하려고 했다는 겁니다.

부총리가 부당한 압력을 행사한 국채 조기 상환 취소 사건은 채권 시장에 큰 혼란을 불러왔다고 신 전 사무관은 말합니다. 기재부는 곧바로 해명했죠. 적자 국채 추가

발행 규모가 확정되지 않아서 취소했다고요. 바이백 규모
는 국회가 한도를 정한 적자 국채의 실제 발행량에 따라
확정할 수 있습니다. 정부는 8조 7000억 원 한도 안에서
적자 국채를 발행할 수 있었죠. 적자 국채를 발행하고 그
전에 발행한 국채는 상환하는 조치가 바이백입니다.

신 전 사무관이 한 주장이나 기재부가 낸 해명을 종합
하면, 청와대 또는 기재부 고위 간부가 바이백 취소를 요
청한 사실은 맞는 듯합니다. 하루 전에 전격 취소해서 시
장에 어느 정도 혼란을 불러일으킨 점도 맞고요.

소통 — 논쟁과 합의와 고발 사이

이쯤에서 적자 국채가 뭔지 알아보죠. 우리가 흔히 아는
국채(국고채)와 적자 국채는 전혀 다른 개념입니다. 국채
는 국가가 자금이 필요할 때 채권을 발행해 시장에 판매해
자금을 조달하는 수단입니다.

적자 국채는 여러 기금에 쌓인 여유 자금을 통합 관리
하는 '공공자금관리기금'에서 돈을 차입하는 방식을 뜻하
죠. 신 전 사무관은 기재부에서 국가 자금 지출에 관련된

일정을 관리하는 업무를 맡았습니다.

신 전 사무관과 기재부가 합의한 내용은 다음 같습니다. 여유분 8조 7000억 원이라는 한도 전액을 발행하지 말자는 의견과 일부만 발행하자는 의견이 충돌하지만 발행하지 않는 쪽으로 최종 합의를 했다는 겁니다. 기재부도 바이백 취소를 인정한 거죠.

적자 국채를 추가 발행하지 않으면 어떤 일이 벌어질까요. 당연히 이자 비용이 줄어드는 장점이 있습니다. 반대로 추가 발행을 하면 어떤 장점이 있을까요?

기재부도 명확한 답변을 내놓지 않습니다. 경기 불확실성을 대비할 수 있다는 조금은 모호한 말을 할 뿐이죠. 다만 이자 지출 규모는 신 전 사무관이 하는 주장처럼 크지는 않습니다. 공공자금관리기금에서 빌려오기 때문에 이자 부담은 크지 않죠.

정리하겠습니다. 청와대 지시가 있었다는 점은 그리 큰 문제가 되지 않습니다. 우리가 선거를 거쳐 대통령을 뽑고 장관을 임명하는 이유는 선출한 권력으로 관료를 통제해야 하기 때문입니다. 대통령이나 장관이 관료 사회를 장악하는 일도 중요합니다. 의사소통 방식이 문제일 뿐이죠. 기재부 내부 고발 사건은 의사소통 과정에서 세심한 주의가 없었다는 사실을 보여줍니다.

정부가 국가 채무 비율을 일부러 악화시키거나 다음해에 쓸 추경 재원을 마련하려고 미리 국채를 발행하려 했다면 마찬가지로 잘못된 판단입니다. 국채는 추경을 할 때 발행해야 합니다. 추경을 하려고 미리 적자 국채를 발행해놓고는 이 돈은 나중에 국채가 아니라 여윳돈이라고 시치미를 떼면 안 됩니다.

바이백 취소를 둘러싸고는 의견이 분분합니다. 기재부는 적자 국채 추가 발행을 시도한 명확한 이유를 대지 못했습니다. 적자 국채 추가 발행에 장단점이 있다는 식으로 얼버무리면 신뢰를 떨어트릴 뿐입니다. 중요한 국가 정책을 좌지우지하는 관료들은 아니면 말고 식 태도를 취하면 안 됩니다.

진실 — 관료와 공익과 시민 사이

기재부는 지금 고소를 취하한 상태입니다. 내부 고발자로 자처한 신 전 사무관이 정말 공익 제보자인지는 아직 알 수 없습니다. 시민들은 나라 살림이 여전히 관료들 입김에 따라 좌지우지되는 현실을 염려할 뿐입니다. 100년을 내다보는 지혜까지 바라지도 않습니다. 1년짜리 살림살이도 잠깐 동안 한 결정에 요동쳐서야 되겠습니까.

예산 전쟁은 단판 승부가 아닙니다. 단기적 시각보다 장기적 안목으로 정책을 꾸려가기를 바라봅니다.

인재가 키운 인재 — '살충제 달걀'과 관피아

환경이 오염되니 건강 밥상에 관심이 높습니다. 마음 놓고 먹을 안전한 먹거리를 찾죠. 친환경 인증 마크를 단 제품이라면 믿고 사기도 합니다. 달걀처럼 자주 먹는 식품이라면 더 신경을 쓸 수밖에 없습니다. 이렇게 중요한 달걀에 날벼락이 떨어집니다. 2017년 7월, 유럽에서 피프로닐이라는 유독성 살충제 성분에 오염된 달걀과 가공식품이 유통되죠. 그해 8월에는 국내산 달걀에서도 이 살충제 성분이 나와서 온 나라가 발칵 뒤집어졌습니다.

우리가 남이가 — 돈을 고리로 한 퇴직 관료와 공무원

정부가 부실 검사를 한 사실이 알려지자 시민들은 분노했습니다. 친환경 인증 마크는 그래도 안전하다는 믿음을 깨버린 거죠. 사태가 터지자 정부는 양계 농장을 전수 조사했다면서 친환경 인증 마크를 단 달걀은 걱정하지 말라고 안심시켰습니다. 그런데 하루도 안 돼 거짓말이 들통난 겁니다. 도대체 어떻게 조사하기에 하루 만에 부실 검사로 드러난 걸까요.

사태가 불거지자 정부에서 나온 검사 요원이 농장으로 달려갑니다. 어떤 달걀이 문제가 있는지 살피죠. 여기서 또 문제가 터집니다. 검사 요원은 달걀을 무작위로 골라 검사를 해야 했습니다. 농장주가 골라놓은 달걀로 하지 말고요. 미리 고른 달걀로 한 형식적인 검사는 당연히 문제가 생기겠죠. 심지어 농약 성분인 디디티^{DDT}가 나온 사실도 쉬쉬했습니다.

왜 입을 꾹 다물었을까요? 기준치를 초과한 농장 52개 중 31개가 친환경 인증을 받은 곳이기 때문입니다. 친환경 인증은 누가 줬을까요? 관료들이 준 겁니다. 달걀에 문제가 있다고 밝혀지면 농장주도 망하지만 인증을 준 관료도

퇴직 공무원 재취업 제한 '고위공직자 전관특혜 근절 및 재취업 관리 강화 대책'(인사혁신처, 2019년 11월 8일)에 따라 업체 규모에 관계없이 식품·의약품 인증·검사 기관 등 국민 안전이나 방위 산업, 사학 분야에 퇴직 공직자 취업이 제한된다. 퇴직 공직자가 재직자에게 직무 관련 청탁이나 알선을 하면 누구든지 공직자윤리위원회 신고센터에 신고할 수 있다.

체면을 구깁니다. 시민들은 피해 보상을 요구할 수 있고요. 당연히 쉬쉬할 수밖에요.

'살충제 계란' 사태가 왜 '농피아' 사태가 됐을까요? 농림축산부 산하 국립 농산물품질관리원(농관원) 출신들이 민간 인증 기관에 많이 들어갑니다. '우리가 남이가' 하면서 너도 봐주고 나도 봐주다가 유착이 형성됩니다. 당연히 부실 인증으로 이어집니다. 서로 얼굴 알고 친한데 잘못이 있다고 냉정하게 찌를 수는 없잖아요.

관료들 사이의 끈끈한 유착 관계는 다른 사건에서도 쉽게 발견할 수 있습니다. 세월호 사건에는 '해피아'가, 철도 사고에는 '철피아'가, 서울 지하철 문제에는 '매피아'가 있습니다. 곳곳에 '피아'라는 말이 똬리를 틀고 있죠. 관료

유착 구조는 경쟁력을 갉아먹습니다. 퇴직해도 갈 데가 있고, 새 직장 선후배들은 다 아는 사람들이니까요. 외부 인력이 들어오지 않으니 자기들끼리 해먹을 거 다 해먹습니다. 비리라는 독초가 무럭무럭 자라는 온실이 되는 거죠.

못 믿을 인증 — 미래 밥그릇 만들며 오늘 직장 다니기

살충제 계란 사태로 드러난 농피아의 실체는 빙산의 일각입니다. 정부가 친환경 농산물 인증 기관으로 지정한 민간 업체 64곳 중 5곳의 대표가 농관원 출신이었습니다. 인증 심사원 649명 중 85명이 농관원 출신이었고요. 부실 인증은 새삼스러운 일이 아닙니다. 2012년에는 엉터리 인증이 검찰에 적발됐고, 2014년에도 감사원이 지적했습니다. 농관원 퇴직자가 설립하거나 취업한 인증 기관이 부실 인증으로 자격을 빼앗긴 적도 있고요. 이번 살충제 계란 전수 조사에서도 농관원 출신이 운영하는 2개 업체가 문제가 됐습니다. 두 업체가 친환경 농장으로 인정한 6개 농장에서 살충제 성분이 나왔죠.

　'농피아'들은 관련 업체에 '재취업'한 게 아니라 '퇴직

후 사업'을 하고 있었습니다. 새로운 직장에서 열심히 일하는 전직 공무원을 뭐라 할 사람은 없습니다. 문제는 방향이죠. 친환경 업체를 인증하고 감시해야 할 소임을 저버리고 유착 관계를 형성해 대충 넘어가는 일을 열심히 했다면 직무유기입니다. 현직에 있는 하급 공무원들이 선배이자 전직 상사인 퇴직 고위 공무원들이 연관된 업체를 고발하기도 어렵겠죠. 관료제 특유의 상명하복 문화, 지역을 기반으로 한 유대 관계 등 여러 문제가 있겠죠. 살충제 계란 사태 때문에 농피아가 불거지자 정부는 뒤늦게 민간 위탁을 환수하는 방안을 '검토'하겠다고 밝혔습니다. 구조를 고치지 않고 특정 사건만 해결하고 넘어가면 이런 일은 또다시 반복될 겁니다.

지금 운영되는 법정 인증 제도는 2015년 기준으로 모두 210개입니다. 그중 법정 의무 인증은 33.8퍼센트인 71개죠. 나머지는 법정 임의 인증입니다. 24개 정부 부처에서 이 제도를 운영하고 있습니다. 거의 모든 정부 부처가 인증 제도를 운영하고 있다고 봐야죠. 어느 부처가 가장 많을까요. 35개인 국토교통부입니다. 농림축산식품부는 4위로, 20개입니다.

인증 제도는 해마다 급증하고 있습니다. 2000년 72개에서 15년 만에 210개가 됐죠. 인증 제도는 급증하는데 오히려 인증 실적은 감소한 적도 있습니다. 인증 제도를 만드는 데만 노력했다는 뜻도 됩니다. 일정 기간 동안 인증 실적이 전혀 없거나 5년 동안 10건 이하만 인증한 제도도 40건이나 되죠. 살충제 계란도 거르지 못한, 아니 거르지 않은 인증 제도를 왜 늘리려고 혈안이었을까요.

시민의 안전을 고려해 정확한 기준을 제시하려는 노력은 분명 좋은 일입니다. 그렇지만 인증 제도만 늘리려는 의도는 꽤나 관료적이죠. 제도가 생기면 그 제도를 운영할 기관이 생깁니다. 할 일이 있어야 일할 직장이 생기는 이치하고 같죠. 특별히 필요하지 않은 인증 제도가 마구 생겨야 관료는 조직과 예산을 확대할 수 있습니다. 국민 안전보다 자기 밥그릇을 위한 일인 거죠.

농피아 위 관피아 ― 공공 부문 개혁의 필요성과 당위성

'농피아'라는 말 위에 '관피아'라는 말이 있습니다. 관료 마피아라는 끈으로 똘똘 뭉친 관료들은 퇴직한 선후배를 끌어주고 밀어줍니다. 공직자 재취업이 문제가 되는 곳은 생각보다 많습니다. 공직자 재취업으로 예산이나 비리, 인허가 문제가 생길 가능성이 있는 기관은 1만 7350곳에 이른다는 통계도 있습니다. 통계에 잡히지 않은 곳까지 다 합치면 엄청나겠죠.

살충제 계란, 세월호, 성수대교 붕괴 등 사건이 터지고 나면 한결같이 하는 말이 있습니다. '인재'라고들 하죠. '능력 있는 사람'을 뜻하는 말은 아닐 겁니다. '사람 재해'라는 말이 또 쓰이지 않게 하려면 농피아나 관피아의 고리를 끊어야 합니다. 공무원 재취업을 전면 금지할 수는 없겠지만 확실한 기준을 다시 세워야 합니다. 공공 부문을 개혁하지 않으면 안전한 나라는 불가능합니다.

강원랜드, 관료들의 던전

청년 실업 문제는 어제오늘 일이 아닙니다. 미래가 불안한 청년들은 너도나도 공무원 시험에 매달립니다. 경쟁률이 높고 공부는 어려워도, 합격만 하면 정년과 연금이 보장되는 안정된 일자리이기 때문이죠.

공무원만큼 인기 있는 직종이 뭘까요? 공공 기관입니다. 공공 기관은 '신의 직장'이라고 불릴 만큼 청년들이 바라는 꿈의 일자리입니다. 그런데 그 꿈을 짓밟은 사건이 터졌습니다. 공공 기관인 강원랜드에서 연이어 벌어진 채용 비리입니다.

신의 직장 — 검은 땅에서 캐는 돈

강원랜드가 공공 기관인지 모르셨다고요? 삼성 에버랜드 같은 민간 시설로 아는 분도 꽤 많은데, 엄연한 공공 기관입니다. 강원랜드는 강원도 정선군 사북읍에 자리한 복합 리조트 시설입니다. 한국에 하나밖에 없는 내국인도 출입할 수 있는 카지노죠. 2000년 10월에 문을 연 뒤 도박 중독과 전 재산 탕진 르포 등으로 유명한 곳입니다. 도박을 즐기려는 내국인과 외국인들로 강원랜드는 늘 북적입니다.

강원랜드가 왜 만들어졌을까요. 1980년대 말까지 한국은 연탄을 연료로 많이 썼습니다. 연탄 안 쓰는 집이 없었죠. 산업이 발전하면서 연탄은 가스로 대체됩니다. 시커먼 연탄을 아침저녁으로 갈 필요가 없어진 겁니다. 간편한 가스보일러가 빠르게 도입되면서 자연스레 석탄 산업은 사양길에 접어듭니다. 전통적인 주력 산업인 석탄 산업이 파리를 날리자 사람들도 하나둘 강원도를 떠나갑니다. 석탄 산업만 믿고 마을에 터 잡은 주민들은 먹고살 수 없게 됐다면서 아우성쳤습니다.

정부는 사양길에 접어든 석탄 산업을 연착륙시키려고 1987년부터 석탄 산업 합리화 대책을 세웁니다. 30년이 지난 지금도 이 대책은 유지되고 있죠. 2004년 조사에 따르면 해마다 1조 원 정도가 폐광 지역에 지원됐습니다. 석탄 산업에 가장 직접적으로 연관된 이해 당사자는 누구일까요. 아무래도 광산 노동자겠죠. 〈에너지통계연보〉에 따르면 지금 5개 탄광에 3126명이 일하고 있습니다. 1년 생산량은 일인당 1764톤이고, 1년으로 따지면 564킬로그램입니다. 광부 한 명이 하루에 1.5킬로그램을 생산하는 셈이죠. 쉬는 날을 고려해도 꽤 적은 양입니다. 석탄 산업은 이제 예산 지원에 기대어 생존할 수밖에 없는 상황인 거죠.

석탄 산업을 지원하는 돈은 세금입니다. 강원랜드가 하는 몫이 크죠. 매출액을 볼까요. 2017년 기준 매출액이 1조 7000억 원입니다. 도박 좋아하는 사람이 이렇게 많네요. 저 어마어마한 매출액에서 2100억 원이 강원랜드 1대 주주인 광해관리공단을 비롯한 정부 기관으로 갑니다. 지역에는 270억 원이 기부금으로 전달되고요. 매출액이 큰 만큼 법인세도 1400억 원을 냅니다. 그야말로 알짜 사업입니다. 더군다나 '폐광 지역 카지노에 대한 개별소비세 저율 과세'라는 항목에 따라 개별소비세도 1634억 원이 감면됩니다. 개별소비세는 특별소비세가 이름만 바꾼 세금이라는 사실, 이제 다들 아시죠? 특정 장소, 곧 카지노에 입장하는 사람은 모두 개별소비세 5만 원을 내는데, 많은 부분을 감면받습니다.

블랙 머니 — 어두운 도시와 부패의 연쇄 고리

강원랜드를 만든 의도는 지역 경제 발전과 지원이었습니다. 지금 운영되는 모습을 보면 정부 재정 지원을 아끼는 방향으로 틀어지고 있지만요. 카지노에서 가산을 탕진하고 강원랜드 주변을 배회하는 사람이 많아지면서 어둠의 도시라는 이미지를 심어준 부정적인 효과도 낳았습니다. 요즘에는 채용 비리로 온 나라를 시끌벅적하게 만들었으니 강원랜드를 보는 시선이 고울 리가 없겠죠.

강원랜드 1대 주주인 광해관리공단도 인사 청탁과 낙하산으로 시끄러웠습니다. 강원랜드가 도박으로 번 돈을 바탕으로 운영하는 이 기관은 정부 지원도 받죠. 돈이 많지만 공공 기관이라는 이유로 정부 지원을 받죠. 우리가 내는 세금으로 만수르 공기관을 지원하는 격입니다.

세금 새는 곳은 또 있습니다. 연탄 사용자들이죠. 지금 연탄은 한 장에 600원꼴입니다. 여기서 300원 정도가 정부 예산으로 지원되고 있습니다. 연탄값의 절반이 세금인 겁니다. 옛날처럼 서민만 연탄을 쓰지도 않습니다. 요즘은 화훼 농가가 연탄을 많이 쓰죠. 화훼 농가는 서민이라고 보기에 어려운 면이 있습니다. 연말이 되면 어김없이 등장하는 사랑의 연탄 나누기 행사 같은 것도 재정 전문가들이 볼 때는 불편합니다. 서민을 돕는다는 명분을 내세우지만 세금을 낭비하는 모양새이기 때문입니다.

이런 돈의 흐름, 정확히 말해 세금의 흐름이 투명하지 않다는 데 더 큰 문제가 있습니다. 투명하지 않으니까 견제도 없습니다. 〈에너지 통계연보〉 등에 석탄 산업에 재정이 얼마나 지원되는지 구체적인 항목이 표기돼야 하는데, 어느 순간 사라졌습니다.

정부 예산서에서는 강원랜드를 찾아보기 어렵습니다. 강원랜드 채용 비리는 단순히 인사 청탁 사건이 아닌 겁니다. 예산이 있는 곳에 조직이 생깁니다. 예산이 투명하게 쓰이지 않으면 뭐가 생길까요? 당연히 부정부패가 따라옵니다. 지역을 살리려고 일군 산업이 도리어 세금만 축내서야 되겠습니까.

> **공공 기관** 국가의 감독을 받으면서 우리 사회의 여러 사람들에 관계된 일을 처리하는 기관. 정부가 직접 운영하거나 지분을 보유한 공기업이나 정부 투자 기관도 포함한다.

던전 — 창문 열면 보이는 먼지들

배려도 지나치면 해롭습니다. 이제라도 강원랜드로 한정하지 말고 전체 석탄 산업의 문제를 다시 한 번 살펴야 합니다. 당사자에게 해결을 맡기면 시원한 답은 나오지 않습니다. '칸막이'와 '귀차니즘'을 '종특'으로 지닌 관료들이 빠릿빠릿 움직일 리가 없습니다.

　돈을 대는 사람, 세금 내는 시민이 움직여야 합니다. 어지러운 던전을 청소하기 전에 환기부터 해야 합니다. 창문을 활짝 열면 곳곳에 쌓인 먼지들이 투명하게 보일 겁니다. 우리는 그때 빗자루를 꺼내 들면 됩니다.

세금 들인 일자리 세금 쓰는 일자리

한국은 '큰 정부'일까요, '작은 정부'일까요? 공무원 시험에 매달리는 청년들 숫자가 어마어마하게 많아서 자연스레 공무원 숫자도 많은 듯 느껴집니다. 지역 곳곳에 으리으리하게 리모델링한 동사무소, 요즘 말로 하면 지역주민센터, 구청, 시청을 건물을 보면 큰 정부에 자꾸 끄덕이게 되죠. 정치적 성향에 따라 의견이 갈리는 문제입니다. 보수적인 정치 성향을 지닌 사람들은 한국의 정부가 다른 나라보다 더 크다고 생각합니다. 자기를 진보라고 생각하는 사람들은 반대죠.

공시족의 탄생 ― 늘어나는 공공 부문 일자리

공공 부문 규모 논쟁은 지난 대선 때 문재인 후보의 발언에서 시작됐습니다. 문 후보가 한국의 공공 부문 일자리가 오이시디 국가 평균의 3분의 1 수준이라고 하면서 논쟁이 시작됐죠. 이 논쟁에 관련해 통계청도 2015년 공공 부문 일자리 규모를 발표했습니다. 자료에 따르면 한국의 공공 부문 일자리는 일반 정부 부문 199만 명과 공기업 부문 34만 명입니다. 둘을 합해서 233만 6000개의 공공 부문 일자리가 있다는 계산이 나옵니다. 전체 취업자의 8.9퍼센트 정도 됩니다. 문 후보가 주장한 7.66퍼센트보다는 많죠. 그래도 오이시디 국가 평균보다 턱없이 낮은 수치입니다.

이 수치, 정말 정확할까요? 조사 대상이 축소됐습니다. 통계청이 제시한 공공 부문 일자리 숫자에는 사립 학교 교원이나 군대 사병, 보육 교사는 빠져 있습니다. 엄연히 정부 예산을 지원받는데도 말이죠. 직간접으로 정부 예산으로 급여를 받는 사람을 모두 포함하면 공공 부문 일자리 비중은 10퍼센트에 가깝다는 주장도 일리가 있습니다.

그동안 우리는 '공무원 100만 명' 시대에 살았습니다. 외환 위기 뒤 정부는 공공 부문 효율화를 외치면서 공무원 숫자를 100만 명 수준에서 관리해왔습니다. '큰 정부'라는 비판을 살짝 무시하면서 '작은 정부'를 유지하고 있다고 주장합니다. 이면을 들춰볼까요. 정부는 공공 부문을 민영화해 공무원 숫자를 유지했습니다. 한국전력, 한국통신KT, 코레일은 원래 공무원 조직이었다는 점을 잊으면 안 됩니다.

문재인 정부는 추경을 편성하면서 공무원 1만 2000명을 추가로 채용하겠다고 밝힌 적이 있습니다. 몇몇 보수 언론과 야당은 문 대통령이 대선 공약을 지키려고 무분별하게 공무원을 늘린다면서 곧장 반대했죠. 그런데 전년도 예산안을 통과시킬 때 야당도 합의한 내용이었습니다. 질 좋은 청년 일자리를 늘리자면서 목적 예비비로 500억 원을 편성했죠.

재미있는 사실이 하나 있습니다. 박근혜 정부 시절을 볼까요. 2012년 12월에 98만 명이던 공무원 숫자는 2016년에 103만 명 수준으로 5만 명 정도 증가합니다. 늘어난 지방 공무원 수까지 합하면 해마다 1만 2000명 정도가 꾸준히 증가한 셈이죠. 이런 짓을 '발목 잡기'라고 하죠.

세금 들인 일자리 — 받는 만큼 일하냐는 물음들

공무원 숫자가 핵심은 아닙니다. 늘어난 공무원들이 모두 적정한 업무를 하고 있다면 전혀 문제가 안 되겠죠. 일이 있기 때문에 사람이 필요한 겁니다. 사람이 필요하기 때문에 억지로 일자리를 만들면 세금이 낭비될 수 있습니다. 시민들이 피부로 느낄 수 있는, 필요한 일자리가 만들어져야죠. 청소, 환경, 안전, 복지 분야 일자리는 지금도 모자랍니다. 모두 필요하다고 여기는 서비스를 공공 부문이 채워준다면 다들 불만이 없을 겁니다.

공무원 숫자를 늘리면 안 된다는 강박을 가질 필요도 없습니다. 그런 강박은 무리한 외주화를 불러옵니다. 비용 절감을 앞세워 민간 위탁을 하는 사례가 많아진 거죠. 필요하면 당당하게 공공 부문을 늘리고 필요 없으면 줄이면 됩니다. 여기저기 눈치보며 일을 진행하면 자칫 시장을 왜곡하는 부작용이 생깁니다.

공무원 급여 수준은 어떨까요? 2015년 예산안을 기준으로 공무원 임금을 분석했습니다. 공무원 일인당 평균 인건비는 세전 기준 7034만 원이었죠. 복지 포인트와 급양비를 합하면 평균 수령액은 조금 더 올라 7437만 원이 됩니다. 직급 높은 상위 10퍼센트는 평균 9287만 원이죠. 전체적으로 공무원 급여 수준은 일반 임금 노동자보다 높습니다(참고로 인사혁신처 자료에 따르면 2018년 기준 임금 근로자는 3634만 원, 대기업 정규직은 6487만 원입니다).

철밥통 — 안정성과 고임금이라는 두 마리 토끼

공무원은 취업 준비생들에게 매력적인 직업입니다. 높은 임금 수준에도 끌리지만 무엇보다 평생직장이라는 안정성에 높은 점수를 주죠.

그런데 공공 일자리가 민간 일자리에 견줘 급여 수준을 높게 유지할 이유는 굳이 없습니다. 나라 일을 하고 공공 업무에 종사하는 사람들은 좋은 대우를 해줘야 합니다. 그렇다고 '신의 직장'이 되다 못해 '철밥통'이 되면 곤란하겠죠. 공무원과 공공 부문 급여 인상률에 관해 다시 한 번 살펴서 사회적 합의를 해야 합니다.

상습 체납자, 공무원

연말이 되면 부쩍 바빠지는 사람들이 있습니다. 공무원들입니다. 새해 계획을 짜느라 그럴까요. 아니면 올해 다하지 못한 일들을 처리하느라 그럴까요.

그런 일도 바쁜 이유의 하나는 될 겁니다. 진짜 무엇 때문에 그런 걸까요? 바로 '공무원 복지 포인트' 때문입니다. 우리가 일상에서 쓰는 거의 모든 포인트는 사용 기한이 정해져 있습니다. 공무원 복지 포인트도 한 해 안에 다 쓰지 않으면 자동으로 소멸되거든요.

공무원 복지 포인트 — 세금 없는 1조 3400억 원

공무원 복지 포인트는 공무원 복지 향상을 위해 해마다 연초에 지급하는 포인트입니다. 모두 똑같지는 않고 개인에 따라 차등 지급되죠. 기본 점수에 근속 연수나 부양가족 수 같은 항목을 넣어 일정 금액을 포인트로 환산합니다. 복지 점수 1점은 1000원이죠. 공무원이 회원인 '복지몰'에서는 현금처럼 쓸 수 있고, 연금 매장, 병원, 제휴 업체 등 꽤 많은 곳에서 쓸 수 있습니다. 영화 볼 때나 여행 갈 때도 쓸 수 있죠. 연초에 받은 복지 포인트는 연말이 되기 전에 모두 써야 합니다. 새해가 되면 다시 복지 포인트를 받으니까요.

중앙 부처 공무원은 연간 40만 원 정도 기본 포인트를 받습니다. 중앙직보다 지방직이 대체로 포인트가 높은데, 서울시는 최고 150만 원을 기본 포인트로 줍니다. 생각보다 꽤 많죠? 그런데 문제가 있습니다. 공무원 복지 포인트는 아직까지 세금을 내지 않습니다. 그냥 복지로 주는 포인트인데 세금을 내야 하느냐고요? 네, 내야 합니다. 당연히 내야 합니다. 왜 그런지 살펴볼까요?

복지 포인트는 공무원만 누리는 제도가 아닙니다. 복

지 포인트를 운영하는 일반 기업체도 꽤 많죠. 보통 해마다 쓸 수 있고, 교육비나 특정 쇼핑몰에서만 쓰게 사용처를 제한한 곳도 있습니다. 연간 수백만 원씩 주는 회사도 있습니다. 임금 협상을 할 때 복지 포인트를 올려주겠다고 하는 사례도 꽤 있죠. 일반 기업체를 다니는 사람은 연봉의 일부처럼 복지 포인트를 받습니다. 세금도 냅니다. 공기업이나 공공 기관도 마찬가지죠. 소득세를 낼 때도 복지 포인트는 소득으로 간주됩니다. 준조세라고 부르는 건강 보험이나 연금을 계산할 때도 복지 포인트가 고려되죠. 만약 복지 포인트를 1년에 200만 원 받는다면 세금과 건강 보험료도 따라서 올라갑니다.

공무원 복지 포인트는 어떤가요? 소득세도 내지 않고 준조세에도 아무런 영향을 받지 않습니다. 2018년 기준으로 중앙직 공무원과 지방직 공무원이 받은 복지 포인트는 모두 1조 3400억 원입니다. 임금처럼 따북따북 모든 공무원에게 지급되는데 세금은 한푼도 안 낸다니 어이가 없죠. 왜 이렇게 형평성에 어긋나는 일을 공무원들이 앞장서서 하고 있을까요?

직무 유기 ― 묵묵부답 기재부의 비과세 꼼수

공무원이 받는 복지 포인트는 정부가 애초에 인건비로 치지 않았습니다. 좀 어려운 말인데 '실비 변상적 급여'로 지정했죠. 쉽게 말해 '물품비' 같은 겁니다. 과세할 법적 근거가 없으니 당연히 세금도 안 내고 버티는 겁니다. 예산을 꾸려가는 기재부도 공무원들이라서 그럴까요. 세금을 왜 내지 않느냐면서 국세청이 보낸 질의 공문에는 차일피일 답변을 미루고 있습니다. 한푼의 세금이라도 더 거둬들여야 하는 정부가 자기 일이 되니 한발 빼는 거죠. 국세청도 굳이 답변을 들으려 하지 않습니다. 똑같은 공무원이기 때문이죠. 그저 답변이 오지 않았다고 하면서 양쪽 다 시간만 보내고 있습니다. 해마다 지급되는 복지 포인트는 여전히 세금 없이 쓰이고요.

기재부가 공무원 복지 포인트도 '과세 대상'이라는 사실을 밝히면 전현직 대통령을 비롯한 전국의 모든 공무원이 그동안 내지 않던 세금을 소급해서 내야 하는 상황이 발생합니다. 부담이 되겠죠. 여태 내지 않은 세금을 한꺼번에 내라고 하면 당연히 내야 할 돈인데도 싫은 게 사람 마음입니다. 그러니 계속 '비과세' 상태로 두는 겁니다.

무사안일은 무시안일

세금을 제때 거두면 이런 폭탄 돌리기를 하지 않아도 됐겠죠. 아니, 애초에 형평성 논란이 없게 제도를 깔끔하게 만들면 이런 문제가 생기지 않습니다. 왜 늘 앞으로 일어날 일을 예측하지 못하고 제도를 만들까요. '내가 있는 동안은 괜찮겠지' 하는 안일한 공무원식 사고 때문입니다.

어릴 때 하던 '수건 돌리기' 게임이 떠오릅니다. 사람들이 둥글게 앉아 있으면 술래가 수건을 들고 천천히 뜁니다. 다음 술래가 될 사람 뒤에 수건을 몰래 떨어트리고 막 뛰기 시작하죠. 수건이 뒤에 있는 줄 모르는 다음 술래는 그만 잡히고 맙니다. 나는 괜찮겠지 하다가 나도 안 괜찮은 순간이 분명히 옵니다. 관료가 무서운 점은 그 '나'가 한 사람이 아니라는 데 있습니다. 뛰어야 할 술래가 많아지면 그냥 다 같이 천천히 걷고 말죠. 급할 게 없잖아요.

관료는 관료를 잡는 술래가 될 수 없습니다. 시민들이 수건 들고 뛰어야 합니다. 그래야 관료도 할 수 없이 뛰는 시늉이라도 합니다.

황제 연금 군인연금

정부가 우리들에게 가장 많이 주는 돈은 무엇일까요? 국민연금입니다. 겨우 10년 전만 해도 국민연금은 꽤 큰 불신을 받았습니다. 기금이 고갈될까 염려한 몇몇 사람은 납부 거부 운동을 했죠. 심지어 지금까지 낸 국민연금을 죄다 돌려달라고 하는 사람들도 있었습니다. 나라에 돈을 맡기느니 차라리 사기업이 운영하는 연금보험에 넣겠다는 사람도 많았죠.

지금은 어떨까요. 예전보다는 많이 나아진 듯합니다. 주변에 국민연금을 받는 사람들이 늘면서 조금씩 안심하기 시작한 거죠.

500조 — 천덕꾸러기 국민연금 지급 보장

국민연금을 적립해서 운영하는 나라는 한국과 칠레 등 6개국뿐입니다. 유럽 몇몇 나라는 국민연금이 이미 고갈된 상태입니다. 그런데도 그 나라 사람들은 조용합니다. 왜 그럴까요? 정부가 연금 부족분을 세금으로 메꾸기 때문입니다. 안심하는 이유가 하나 더 있습니다. 연금 지급 보장을 법으로 명시하고 있다는 점이죠. 한국은 어떨까요. 안타깝게도 지급 보장은 하지 않습니다. 이런 점 때문에 연금이 고갈될 수 있다는 뉴스가 나올 때마다 사람들이 불안에 떠는 겁니다.

정부가 국민연금 지급 보장을 법으로 명시하지 않는 이유는 간단합니다. 부채 통계 때문이죠. 지급 보장을 하는 순간 연금으로 지급해야 할 돈 500조가 부채로 잡힙니다. 나라 살림을 꾸리는 처지에서 한 해 국가 예산에 맞먹는 빚이 단번에 생기는 일은 큰 부담일 수 있겠죠.

시민들이 보면 궁색한 변명일 뿐입니다. 다른 공적 연금인 공무원연금, 군인연금, 사학연금은 만들 때부터 지급 보장을 해왔습니다. 이 연금은 되고 저 연금은 안 된다는 논리는 도대체 어디에서 나오는 걸까요. 소득이 있는 국민

> **적립식과 부과식** 연금 재원을 조달하는 방식은 개인이 낸 연금을 모아 나중에 돌려주는 적립식과, 해마다 경제 활동 인구에게서 지급액을 거두는 부과식으로 나뉜다.

이라면 반강제에 반의무로 연금을 걷으면서 지급 보장은 안 해준다니 상식적으로 이해가 되지를 않습니다.

황제 연금 개혁 ― 하후상박 원칙과 수급 연령 조정

국민연금 이야기는 뒤로 미루고 다른 연금을 살펴보겠습니다. 먼저 공무원연금은 끊임없이 개혁이 논의됐습니다. 국민연금하고 비슷한 수령액을 받을 수 있게 통합 논의가 진행되고 있죠. 지급 기준에 별 차이가 없으면 통합은 시간문제라는 전문가 의견도 참고할 만합니다. 사학연금은 여전히 지급 기준이 높아서 논쟁이지만 적자가 나기 시작하면 자연스럽게 지급 기준이 낮아질 겁니다.

　가장 큰 문제는 군인연금입니다. 군인연금은 중사나 상사 이상인 직업 군인이 퇴역하면 국가에서 받는 돈입니다.

나라를 위해 희생하고 봉사한 군인과 가족에게는 당연히 합당한 보상을 해야 합니다. 그런데 왜 문제일까요? 군인연금이 받는 혜택이 철밥통 공무원들이 보기에도 지나치다는 겁니다.

군인연금이 지닌 가장 큰 장점은 이른 수급 시기입니다. 직업 군인은 20년을 복무하면 전역하자마자 연금을 받을 수 있습니다. 스무 살 정도에 군복무를 시작하면 마흔 살 무렵부터 연금을 받을 수 있다는 거죠. 공무원연금과 국민연금은 수급 연령이 대개 60대 중반인 점에 견주면 아주 큰 혜택이죠.

수급 액수도 큽니다. 2015년 기준으로 전체 군인연금 수령자의 평균 지급금은 255만 원입니다. 공무원연금의 평균 금액인 233만 원보다 많습니다. 평균 금액 이상을 받는 수급자 비율도 57퍼센트입니다. 계급이 올라갈수록 연금 수급액이 기하급수로 늘어나기 때문입니다.

공무원연금과 사학연금이 개혁을 시도한 반면 군인연금은 꿈쩍도 하지 않았습니다. 기여금 부담을 올리고 지급률을 낮추는 미봉책은 적자폭을 줄일 수 없습니다. 지금은 군인연금의 80퍼센트를 정부 예산으로 충당하고 있죠. 군인들에게 좀더 많이 보상해야 한다는 말은 도의적으로 맞지만, 연금 격차가 더 벌어지면 군과 사회 사이에 갈등의 골은 깊어질 수밖에 없습니다. 그런 갈등을 일으키는 요인이 대부분 고위직 군인들에게 돌아가는 '황제 연금' 때문이라면 하루 빨리 제도를 보완해야겠죠.

군인연금을 어떻게 개선해야 할까요. 먼저 수급 연령을 늦추는 방법이 있습니다. 이미 2009년에 '수급 연령 65세'를 기재부와 보건복지부, 행정안전부에서 권고했습니다. 군은 곧바로 반대했죠. 군인은 다른 직업군보다 재취업이 어렵다는 이유를 들었습니다. 실상을 들여다보면 다릅니다. 재취업률이 낮은 계층은 위관과 부사관 등 낮은 계급입니다. 위관과 부사관은 대부분 연금 수급 자격조차 없습니다. 고위직인 장군들은 재취업률이 85퍼센트나 됩니다. 군인연금 안에서도 혜택을 받는 자와 못 받는 자 사이에 빈익빈부익부 현상이 나타나는 거죠.

합리성과 형평성 — 연금 개혁의 두 가지 원칙

연금 지출이 수입액의 두 배가 넘는 군인연금을 지금 당장 개혁하지 않으면 엄청난 세금 부담으로 돌아옵니다. 당장

2028년만 돼도 국가 지원 적자 보전금이 2조 4000억 원에 이릅니다. 복지도 좋지만 꼼꼼한 지출도 중요합니다. 돈은 있을 때 지키는 겁니다. 앞으로 나갈 돈이 낭비될 게 뻔한 데 아무 조치도 취하지 않으면, 지금 작은 돈이 순식간에 눈덩이로 바뀝니다.

연금 재정의 건전성을 생각해도 개혁은 필요합니다. 돈, 명예, 권력을 모두 가질 수는 없습니다. 시민들이 납득할 수 있는 연금 개혁, 한 연금 안에서도 모든 수급권자가 납득할 만한 형평성을 갖춘 개혁을 당장 시작해야 합니다.

WAR OF MONEY

Part 5

나라 살림
생떼 쓰는
지방 빌런, 지자체

인구 소멸, 지방 소멸, 한국 소멸

고속도로를 시원하게 달립니다. 도로 한쪽을 차지한 커다란 간판에 '○○산단 입주 문의'라는 광고판이 스윽 지나갑니다. 이번에는 '△△산단 입주 환영'이라는 비슷한 간판이 보입니다.

한국이 발전한 산업 국가처럼 보여서 우쭐해집니다. 막상 저런 광고를 하는 산업 단지(산단)를 가보면 어떻던가요? 여기저기 텅텅 비어 있습니다. 대개 그렇습니다. 어떻게 된 일일까요.

격세지감 — 콩나물 교실에서 인구 소멸 위기로

산단이 지닌 문제를 살피기 전에 먼저 인구 문제를 알아봅
시다. 한국 인구는 2019년 기준으로 5170만 9098명입니
다(통계청 장래인구추계). 2018년은 5163만 5256명입니
다. 한 해 동안 7만 명 넘게 늘었습니다. 저출산이라거거
나 학생 수가 준다고 난리인데 뜻밖의 결과라고요? 인구
는 늘었지만 내용은 심각합니다. 그전에는 인구 증가폭이
20만 명을 유지했거든요. 지금 증가폭에 견줘 2.5배가 넘
죠. 정부 수립 뒤 인구 증가폭이 10만 명 아래로 떨어진 때
는 2017년이 처음입니다. 경제 활동을 할 수 있는 생산 가
능 인구도 72퍼센트 아래로 뚝 떨어졌죠.

학교로 가볼까요? 운동장에 아이들이 많지 않습니다.
한 반에 60명 가까이 되던 콩나물 교실은 오래전에 옛말이
됐습니다. 서울을 포함한 17개 광역 지자체에서 11곳이 인
구 감소가 시작됐습니다. 기초 단위로 가면 '지방 소멸'을
이야기할 정도입니다.

부산 영도구를 볼까요. 15만 명이던 인구가 10년 만에
12만 명으로 줄었습니다. 영도구에 자리한 250세대 아파
트에는 11세대만 살고 있죠. 범죄나 안전사고에 노출되기

소멸위험 지수 한 지역의 20~39세 여성 인구수를 그 지역의 65세 이상 고령 인구수로 나눈 값. 이 지수가 0.5 미만이면 소멸 위험 지역이다. 전국 228개 시군구 중 소멸 위험 지역은 2018년 기준 89개(39%)다. 전국 3463개 읍면동 중 소멸 위험 지역은 2018년 기준 1503개(43.4%)다.

딱 좋은 환경입니다. 발등에 불이 떨어진 부산시는 구도심 4개구를 통폐합하는 특단의 조치를 취합니다. 이른바 '압축 도시'입니다. 압축 도시란 인구 감소에 따른 지역 인프라 감소와 재정 위축 등을 극복하려고 여러 지역을 하나로 묶어 새로운 행정 구역을 만드는 일을 뜻합니다.

부산시하고 다르게 경기도 용인이나 화성처럼 인구가 급증한 도시도 있습니다. 대부분 서울과 수도권에 있는 일자리를 찾아 들어온 사람들입니다. 원래 살던 주민들이 아이를 낳아서 인구가 증가한 곳이 아닙니다. 이런 현상 때문일까요. 저출산을 고민하는 지자체는 단순한 방법을 생각하게 됩니다. 자기 지역에서 인구가 줄면 다른 지역 인구를 빼앗으면 된다고 보는 거죠. 다른 지역 주민 유혹 작전을 펴는 겁니다.

이쪽 도시의 인구를 빼내 저쪽 도시로 옮기면 지자체는 좋을 수는 있어도 나라 전체로 보면 별 이득이 없습니다. 이런 이주 대책은 지자체 공무원들 사이에 과당 경쟁만 부추길 뿐이죠. 공무원들에게 인센티브를 내걸고 인구 유치를 압박하는 지자체도 있습니다. 과잉 전입을 유도한다거나 군복무 중인 군인들에게 주민 등록 이전을 권유하는 등 갖가지 편법이 벌어지고 있죠. 지자체가 주민 수 늘리기에 눈이 벌건 이유는 뭘까요? 인구가 늘어야 예산 따기가 쉽기 때문입니다.

우후죽순 — 여기도 산단 저기도 축제

앞으로 돌아가서 산단 이야기를 해보죠. 산단 유치가 바로 지자체가 지방 소멸에 대처하는 첫째 방법입니다. 2016년 기준 전국에 있는 산단은 1159곳입니다. 땅도 작은 나라에 참 많습니다. 한국이 제조업이 잘 안 되는 나라라는 점을 생각하면 더 어이가 없죠. 당연히 토지만 확보하고 건물은 없는 허허벌판 산단들이 우후죽순 생길 수밖에 없습니다. 기업이 보기에도 지방에 자리한 산단이 그리 매력적이지 않습니다. 수도권에서 거리가 멀고 관련 인프라가 없으니 아무리 싸게 임대한다고 해도 굳이 옮길 이유가 없죠.

지자체가 열심인 또 다른 사업 아이템은 지역 축제입니다. 꽃 이름이나 물고기 이름이 지역 축제를 알리는 홍보 대사로 쓰입니다. 관광객을 유치하고 지역 경제에 활기를 불어넣겠다는 아이디어는 좋습니다. '그 나물에 그 밥'이라는 문제만 빼면요. 요즘 유행하는 '핑크뮬리 축제'를 볼까요. 한 지자체가 연 핑크뮬리 축제가 대박이 나자 다른 지자체들도 핑크뮬리를 심어 축제를 열었죠. 외래종인 핑크뮬리가 갑자기 대한민국 대표 식물이라도 된 듯 말이죠. 지자체가 별 고민 없이 내놓은 지역 축제는 처음에 반짝할 수 있어도 금세 식상해집니다. 살아난 지역 경제도 언제 그랬냐 싶게 사그라들겠죠.

타산지석 — 예산 폭탄보다 살기 좋은 지역 만들기

한국보다 먼저 지방 소멸 문제를 겪은 일본을 살펴보죠. 인구 유지에 성공한 일본 지자체 사례를 한마디로 정리할 수 있습니다. '무리하게 세금 써서 새로운 인구를 끌어들이려는 시도는 별 효과가 없다.' 지역 보존에 성공한 일본 지자체 공무원들은 마을에 남은 사람들만이라도 지역을 떠나지 않게 살피는 일이 중요하다고 강조합니다.

사람들이 떠나지 않게 하려면 어떻게 해야 할까요. 간단합니다. 삶의 질을 높이면 됩니다. 이런 해법을 제시하면 지자체는 돈이 없다고 볼멘소리를 할 수도 있습니다. 핵심은 돈이 아닙니다. 저출산 문제만 봐도 그렇지 않나요? 아이를 낳으면 국고를 털어 아낌없이 지원한다고 했지만 결과는 어떻습니까. 별 효과가 없었습니다.

지방 소멸 문제도 마찬가지입니다. 돈을 쏟아붓는다고 사람들이 머무르지 않습니다. 살기 좋은 동네, 사람이 행복할 수 있는 마을이 뭔지 근본적인 고민을 해야 합니다. 소멸이 두려우면 현실을 받아들여야 하고요. 이미 맞닥트린 현실은 디폴트로 놓고 충격을 덜 받으면서 앞으로 나아갈 계획을 짜야 합니다.

모두 차별받는다는 착각, 지역 예산 홀대론

"만경평야가 서러워할 겁니다." 2017년 가을, 안철수 국민의당 대표가 한 말입니다. 이런 말도 했죠. "대선을 거치며 전북이 큰 꿈을 꿨습니다. 그러나 군산 조선소가 다시 가동되고 새만금이 속도를 높이리라는 꿈은 흔들렸습니다." 문재인 정부가 호남 에스오시 예산을 삭감했다며 강력히 항의한 겁니다.

안 대표는 전주 고속도로 사업 예산이 75퍼센트 삭감되고 새만금공항 예산은 한푼도 책정되지 않는 등 지역 에스오시 관련 6개 사업의 50퍼센트 이상인 3000억 원이 삭감됐다고 주장했습니다. 그 밖에도 많은 지역 사업 예산이

깎였다면서 과거 정부들부터 이어진 '호남 예산 홀대론'을 들고 나왔습니다.

이 발언을 두고 지역주의를 조장한다며 비판한 사람도 많았습니다. 이른바 텃밭인 호남을 의식한 말이 오히려 지역 갈등을 부추긴다는 겁니다. 여당인 민주당은 안 대표와 국민의당이 숫자놀음으로 진실을 호도하고 있다며 맞섰습니다. 김태년 민주당 정책위의장은 호남 홀대 괴담을 만든 정치적 술수라고 비판하며 이렇게 말했습니다. "새만금 사업은 요구안을 모두 반영했고, 새만금공항은 아직 땅도 메워져 있지 않아 예산 편성 자체가 불가능합니다." 누구 말이 맞을까요?

예산 심의 단골 메뉴 지역 홀대론

지역 홀대론은 예산안을 심의할 때마다 나오는 단골 메뉴입니다. 선거 직전이면 더 강하겠죠. 10여 년 전에는 열린우리당을 상대로 새천년민주당이 호남 홀대론을 주장했고, 이번에는 당 이름이 바뀌었을 뿐입니다. 그때 새누리당은 거꾸로 영남 차별론을 들고 나와 시끄럽게 만들기도

했죠. 집권당이 되면 잠잠하다가 야당이 되면 홀대론이나
차별론을 들고 나오는 행태는 새삼스러운 일이 아닙니다.

왜 선거철마다 이런 이야기들이 자꾸 반복될까요? 정말
표를 의식한 지역주의 조장 발언일까요. 홀대론을 주장하
는 사람들은 정부가 에스오시 예산을 편성할 때 지역을 고
려하지 않는다고 말합니다. 현실은 그렇지 않습니다. 지역
차별을 하지 않으려면 거꾸로 지역을 고려해야 하니까요.
핵심은 정부가 에스오시 예산을 지역 구분 없이 통으로 감
축했다는 점입니다. 전체가 줄어드니 부분도 줄어들고, 내
몫이 줄어드니 화가 나는 겁니다. 커다란 빵을 두 사람이
나눠 먹기로 했는데, 큰 빵을 작은 빵으로 바꿔서 나눠 먹
으라고 하면 얼마나 억울합니까?

억울한 마음이 드는 이유가 하나 더 있습니다. 건의액
대비 삭감액이죠. 지자체가 1조 원을 요구했는데 정부는
딸랑 1000억 원을 편성하면 홀대론이 바로 튀어나옵니다.
용돈으로 1만 원 달라고 했는데 1000원 주는 식이죠. 돈

받는 사람은 돈을 받아도 고마운 마음이 전혀 들지 않습니다. 쓰기 모자라기 때문이죠.

정부 예산은 정말 지역을 차별할까요? 우리는 공평하다고 정부는 주장하지만 현실은 또 다를 수 있으니까요. 한번 살펴보겠습니다. 행자부 자료를 바탕으로 2017년 일인당 예산을 계산하면 뜻밖의 결과가 나옵니다. 예산이 가장 많이 편성된 지역은 전남이었습니다. 그 뒤를 강원, 경북, 전북이 따랐죠. 예산이 적은 곳은 경기, 대전, 서울이었습니다. 우리가 안다고 착각하는 상식하고 전혀 다른 결과죠. 정부가 지방 교부금과 보조금 등 전체 균형을 생각해 지자체에 예산을 지원하기 때문입니다.

지역이 아니라 사람에게 가는 예산

'죄수의 딜레마'라는 게 있죠. 서로 협력하는 선택이 가장 좋은 결과를 얻을 수 있는데도 사람들은 상대방의 선의를 쉽게 믿지 못합니다. 자기에게 유리한 점만 생각하다가 도리어 불리한 상황에 놓이는 실수를 하죠.

예산도 마찬가지입니다. 모두 차별받는다는 착각이 모

두 피해자가 되는 상황을 불러올 수 있습니다. 몇 년 전 예산 당국자 한 사람이 제게 묻더군요.

"새만금 예산이 특별히 전북으로 가는 예산입니까?"

저는 대답했습니다.

"아닙니다."

어느 한 지역에 특별히 주는 예산이라고 해도 그 돈은 그냥 일반적인 예산일 뿐입니다. 서로 옆 사람이 가진 빵이 커 보인다며 필요 없는 싸움을 하지 말아야 합니다. 지자체가 정부를 상대로 더 큰 빵을 달라고 시위하는 동안 잊히는 문제가 있습니다. 바로 '사람에게 가는 예산'입니다. 그 많은 예산이 더 많은 사람에게 골고루 돌아간다면 얼마나 잘 쓰일까요. 방향을 달리하고 넓게 생각할 줄 아는 사람이 나라 살림의 진짜 주인입니다.

미션 임파서블, 빚 없는 지자체

"○○시 채무 제로 달성! 모두 ○○시민들께서 보내주신 성원 덕분입니다!"

이런 플래카드를 보신 적 있나요? 볼 때마다 '이번에 뽑은 ○○시장은 일을 참 잘해'라고 생각할 수도 있겠습니다. 어쨌든 채무가 없다니 시민들은 기분이 좋을 수밖에 없습니다. 그런데 이런 채무 제로 선언이 크게 논란이 된 적이 있습니다. 2018년 경기도지사 선거 때였죠.

릴레이 채무 제로 선언의 뒷면

경기도지사 선거에서 팽팽하게 맞붙은 남경필 후보와 이 재명 후보였습니다. 현 지사인 남경필 후보는 출마 선언에 서 주장했습니다. "지난 연말까지 2조 6600억 원의 빚을 갚았고, 곧 100퍼센트 채무를 상환하게 될 것입니다." 그 러자 이재명 후보가 반박했습니다. 이 후보는 남 후보가 내민 자료가 잘못됐고, 갚아야 할 빚이 여전히 2조 9910억 원 남아 있다고 주장했죠. 누구는 빚을 다 갚았다고 하고 누구는 빚이 여전히 남아 있다고 하는 상황, 도대체 누구 말이 맞을까요?

채무 제로 선언은 정치적일 수밖에 없습니다. 채무 기 준을 어디에 두느냐에 따라 빚 규모가 고무줄처럼 늘었다 줄었다 하거든요. 지자체의 채무 운영 상황을 시민들은 자 세히 알 수 없습니다. 채무 제로가 선언되면 채무가 정말 없어졌다고 오해하죠.

지자체가 말하는 채무 제로는 거의 본청 예산을 두고 하는 말입니다. 지자체가 운영하는 산하 기관이나 공기업 의 부채는 쏙 빼죠. 본청도 앞으로 지급해야 할 공무원 퇴 직금은 언급하지 않습니다. 여기저기 불리한 부채는 빼고 채무 제로라고 선언하는 겁니다.

얼마 전 채무 감축을 자축하며 재정 위기 탈출을 선언한 인천도 마찬가지입니다. 여전히 공기업에 10조 원 정도의 채무가 있는데도 채무 제로를 선언했습니다. 채무 제로를 선언한 또 다른 지자체인 용인과 시흥도 각각 4985억 원과 1조 9045억 원에 이르는 빚이 남아 있었죠. 팝콘 터지듯 채무 제로를 선언한 20개 지자체가 모두 부채가 남아 있습니다. 이쯤 되면 거짓말도 전염병 수준인 거죠.

채무 제로 선언은 왜 남발될까요? 2010년에 지자체들이 겪은 재정 위기 트라우마 때문입니다. 그때 성남시장은 '지급 유예'(모라토리엄)를 선언했고, 그 뒤 많은 부채를 갚았죠. 재미있는 사실은 정작 성남은 채무 제로를 선언하지 않았다는 점입니다.

미션 임파서블, 빚 없는 지자체

지자체가 빚을 완전히 없애는 일은 거의 불가능합니다. 빚이 아니라 재정 상태가 더 중요합니다. 지나친 빚은 문제가 되니까 줄이려고 노력해야 하지만, 빚이 아예 없는 상황은 더 많은 문제를 낳습니다. 갈수록 복잡해지는 재정 구조는 빚 없이는 설명이 되지 않기 때문입니다.

지자체가 재정 상태를 알릴 때 보이는 태도가 오히려 더 중요합니다. 채무 제로를 선언하든 빚이 있다고 선언하든 부채 규모와 내역을 정확하고 투명하게 알려야 합니다. 빚이 줄었으면 줄인 방법을 알리고 증명해야 합니다. 지난 대선에서 홍준표 후보가 경남지사 시절에 선언한 채무 제로도 그런 면에서 논란이 됐습니다. 무상 급식을 중단해서 생긴 돈, 시와 군에 줘야 할 돈, 오랫동안 적립한 기금에서 나온 여윳돈으로 빚을 갚았죠. 지자체 보유 토지를 팔아서 채무를 갚은 경기도의 몇몇 지자체는 그저 재산 규모를 줄였을 뿐입니다. 엄밀히 말해 채무 탕감이 아닌 거죠.

사랑은 타이밍, 정책도 타이밍

수치상 제로에 너무 연연하지 않으면 좋겠습니다. 채무를 줄이려고 무리하다가 진짜 해야 하는 지출을 줄일 수 있으니까요. 지자체가 채무를 없애려고 지출을 줄이면 산하 기관이나 공기업은 자금 흐름이 막힐 수 있습니다.

흔히들 말하죠. 사랑은 타이밍이라고. 정책도 마찬가지입니다. 돈은 쓸 때 쓰라고 있는 겁니다. 빚 갚느라 무리하게 아껴 쓰는 짓은 낭비 못지않게 위험합니다. 지자체는 주민들이 누리는 삶의 질을 고민해야 하는 곳입니다. 개인의 성과를 내세우려고 운영되는 곳이 아니죠. 우리는 지자체 살림도 주의 깊게 감시해야 합니다. 지자체 살림이 곧 나라 살림이니까요.

황금알 낳는 거위

2017년 7월, 인천시가 팡파르를 울렸습니다. 13조 원이 넘던 채무를 9조 원대로 줄이며 재정 자립도를 6대 광역시 중 1위로 끌어올렸다고요. 빚이 줄어들면 마음이 홀가분해지나 봅니다. 재정 위기 탈출을 선언한 뒤, 인천시는 여러 사업 계획을 발표했습니다. 경인고속도로를 일반 도로로 만드는 사업과 문학과 검단을 잇는 민자 고속도로를 건설하는 사업 등에 수천 억 원을 쓰겠다고 밝혔죠.

선거를 의식한 물량 공세라고 비판하는 시각도 있었습니다. 시민단체들도 채무 비율 감소는 예산이 늘어나면서 상쇄된 정도라 의미가 없다고 잘라 말했죠. 부동산 활황이 맞물리면서 지방세 수입이 늘었거든요. 그런데 부동산 활황은 인천만 받은 혜택은 아니었습니다. 전국에 걸친 부동산 활황 덕에 서울 등 다른 도시들도 재정에 큰 도움을 받았죠. 인천만의 '비밀'은 무엇이었을까요?

서울과 인천, 자동차 등록 전쟁

인천시가 채무를 크게 줄인 비결은 자동차 등록세입니다. 인천시는 자동차 리스 업체와 렌터카 업체를 유치하는 데 남다르게 힘을 썼습니다. 이런 노력을 기울인 덕에 인천시는 교부세가 3년 전보다 115퍼센트 늘어 5000억 원에 이르는 추가 세수가 생겼습니다. 재정 위기를 극복하려는 노력은 칭찬할 만합니다. 그 뒤에 도사린 문제들이 드러나기 전에는 말이죠.

인천시가 들인 노력 덕에 전체 리스 차량의 38퍼센트, 렌탈 차량의 58퍼센트가 인천에 등록돼 있습니다. 모든 차량이 인천에 근거지를 두지는 않았죠. 자동차를 살 때 내야 하는 채권을 면제해주자 업체들이 모두 인천에 몰려와 등록한 겁니다. 페이퍼 등록도 불사하면서 말이죠. 리스나

> **교부세** 지방의 재정을 조정하고 재원을 확보하기 위해 국가가 지방자치단체에 교부하는 세금.

렌탈 업체는 채권이 단 1원이라도 싼 시나 도에 자동차를 등록하면 좋기 때문입니다.

  인천시가 이렇게 자동차 등록을 선점하자 다른 지자체들은 황당하다는 반응을 보였습니다. 가장 많은 차량이 실제로 운행되고 있는 서울시도 강력히 반발할 수밖에요. 이런 문제를 조정해야 할 행안부는 멀찍이 떨어져 소극적인 태도를 보였습니다. 화가 난 서울시가 제동을 겁니다. '과세권'이 침해됐다며 전국에 지점을 낸 자동차 리스 업체를 대상으로 세무 조사를 실시합니다. 리스 차량 등록 현황을 샅샅이 조사해 취득세를 추징하기로 한 거죠.

  서울시가 나서자 행안부도 뒤늦게 움직입니다. 2012년에 지방세법을 고쳐 리스 차량의 취득세와 자동차세를 리스 회사 본거지가 아니라 차량 이용자의 사용 본거지에 내게 했습니다. 자동차를 타는 고객의 주소지를 관장하는 지자체에 세금을 내게 한 거죠. 그렇지만 인천시를 비롯한 다른 지자체들이 반대해 국회 제출은 무산됩니다.

자동차 등록 전쟁은 어떻게 끝났을까요? 채권 비율을 5 퍼센트로 낮춘 인천시가 이겼습니다. 적법하게 지방세를 냈다면 문제될 일이 없다면서 행안부가 인천시의 손을 들어줬죠. 인천시는 한발 더 나아갑니다. 2016년에 몇몇 사례를 뺀 거의 모든 차량을 신규 등록할 때 채권을 면제하기 시작했거든요.

생산적인 제로섬 게임은 없어

지자체 사이의 세수 확보 경쟁은 나라 살림의 큰 틀에서 보면 '제로섬 게임'입니다. 어느 한쪽 지자체가 이득을 얻으면 다른 쪽 지자체는 손해를 봅니다. 나라 살림 전체를 보면 이득과 손해가 결국 '제로'가 되겠죠. 지자체가 소모적인 제로섬 게임에 빠지지 않게 정부는 방관하지 말고 분배를 잘해야 합니다. 시민들도 조그만 이득을 바라고 부화뇌동하면 안 되겠죠. 내가 작은 이득을 얻는 순간 나라 살림은 큰 것을 잃을 수도 있으니까요.

세금 도둑 잡아라

지방선거가 시작되면 후보자들이 환하게 웃고 있는 포스터가 거리 곳곳에 붙습니다. 누구는 지지하는 정당을 보고 뽑고, 누구는 공약을 보고 뽑고, 누구는 순전히 후보 얼굴 생김새가 마음에 들어서 뽑습니다. 어떤 이유로 뽑든 마음은 하나입니다. 내가 사는 지역을 위해 열심히 일할 일꾼을 뽑는 거죠.

그런데 일 잘하라고 뽑은 일꾼이 어느 날 세금 도둑으로 둔갑합니다. 무슨 소리냐고요? 여러분은 혹시 내가 뽑은 일꾼들이 어떻게 급여를 받고 세금을 내고 있는지 아세요? 모르신다고요? 나라 살림, 지역 살림의 주인인 우리가 일꾼을 쓰면서 돈을 어떻게 주는지 모른다면 말이 안 됩니다. 주인 될 자격이 없죠. 지금이라도 주인 행세를 제대로 하고 싶다고요?

그럼 우리 지역 일꾼들이 어떻게 급여를 받고 어떻게 세금을 내고 있는지 알아보겠습니다.

차등 급여의 비밀, 재정력 지수

먼저 지방의회 의원들의 급여 실태를 보겠습니다. 지방의회 의원들은 얼핏 공무원처럼 보이지만 사실 공무원이 아닙니다. 공무원처럼 정확한 급수와 호봉을 정해 급여를 받는 구조가 아니라는 얘기죠.

지방의회 의원 중에서 가장 많은 급여를 받는 곳은 서울시입니다. 서울의 시의원은 연간 수당 4600만 원과 의정 활동비 1800만 원을 받습니다. 연봉으로 치면 6400만 원 정도가 됩니다. 공무원 기준으로 보면 4~5급 정도 되는 연봉입니다. 서울시가 이 정도의 연봉을 받는 반면 비해 전라남도 의원들은 5700만 원을 받습니다.

똑같은 지방의회 의원인데 왜 이런 차이가 생길까요.

> **재정력 지수** 표준적인 행정 서비스를 제공하는 데 필요한 재정 수요를 재정 수입으로 어느 정도 충당할 수 있는지 나타내는 지표를 말한다.

지방의회 의원의 급여는 해당 지자체의 '재정력 지수'에 따라 정해집니다. 서울시처럼 재정이 좋은 지자체는 자연스럽게 의원 급여가 올라갑니다. 전남처럼 재정력 지수가 낮은 지자체는 의원 급여도 낮아지죠.

기초의원은 어떨까요. 지방의회 의원처럼 재정력 지수가 좋은 서울 강남구 의원은 연봉이 높고 지수가 낮은 울릉군 의원은 연봉이 낮습니다. 아무리 재정력 지수가 좋다고 해도 의원들에게 줄 수 있는 급여는 상한선이 있습니다. 일정액 이상을 지급할 수 없는 거죠.

게다가 지방의원들이 지역 예산 사업을 잘 감시하고 절감하면 의원들에게 주는 급여보다 더 많은 예산을 아낄 수 있습니다. 그렇게 하라고 굳이 선거를 거쳐 의원들을 뽑는 거죠.

세금 제로 깜깜이 의정활동비

지방의원들은 세금을 내지 않습니다. 급여를 받으면 월급쟁이든 사장님이든 대통령이든 모두 세금을 냅니다. 지방의원도 급여처럼 받는 월정 수당은 세금을 냅니다. 그런데 지방의원은 매달 받는 돈이 한 가지 더 있습니다. 의정활동비죠. 100만 원 이상 정액제로 달마다 받는데도 세금을 한 푼도 안 냅니다. 국세청이 지방의원 의정활동비를 비과세로 지정했거든요.

의정활동비는 '물건비'로 취급됩니다. 의원들이 의정 활동을 하는 데 지출하는 돈이니 의원 개인의 소득으로 볼수 없다는 겁니다. 여기에는 함정이 있습니다. 의정활동비는 활동비로 쓸 수도 있지만 개인 용도로 쓸 수도 있거든요. 의정 활동비를 어디에 써야 한다고 규정하는 법도 없죠. 명목상 활동비일 뿐 또 다른 급여를 세금 없이 받아가는 겁니다. 이러니 지방의원들이 '세금 도둑'이라는 오명을 얻는 거겠죠.

일해서 받는 돈은 그 이름에 상관없이 세금이 부과돼야 합니다. 개인적으로 쓴 돈이 아니면 영수증 처리를 해서 증명하면 됩니다. 어떤 의원은 의정활동비를 개인 용도로 쓰지 않고 시민 간담회나 전문가 자문료 등으로 지출하기 때문이죠. 개인 용도로 쓰는 의원은 과세를, 순수한 의정 활동에 쓰는 의원은 비과세를 적용해야 합니다.

개인 용도는 과세, 의정 활동에는 비과세

의원들이 활발한 의정 활동을 펼 수 있게 돈으로 지원할 필요는 있습니다. 국회의원처럼 보좌진을 둘 수 없는 지방 의원들이 이리 뛰고 저리 뛰며 시민들 목소리를 들으려면 예산 지원은 필수겠죠.

마땅히 쓰일 돈을 주지 말자는 말이 아닙니다. 마땅히 쓰일 돈을 엄한 데 쓰지 못하게 막자는 거죠. 그러려면 관련 세법을 개정하고 영수증을 투명하게 관리해야 합니다. 지방의원들도 관행대로 아무 고민 없이 돈을 쓰면 안 됩니다. 불합리하고 불공평한 시스템은 스스로 개혁할 수 있어야 합니다. 그래야만 지역 살림의 진정한 일꾼으로 거듭날 수 있겠죠.

의원님은 지금 해외에

다들 비행기 타는 해외여행 좋아하시죠? 반도국이고 분단 국가이기 때문일까요. 위는 휴전선이 버티고 있으니 대륙으로 이동하기가 쉽지 않고, 아래는 바다를 건너야만 외국 구경을 할 수 있기 때문이죠. 의원님들도 비행기 타고 어디 가시는 일을 꽤나 좋아하는 듯합니다.

의원님들은 나라 망신 일등공신

2018년 12월, 예천군의회 의원들도 비행기를 타고 캐나다로 날아갑니다. 물론 놀러가지는 않았죠. 엄연히 '공무 국외 여행'이라는 명목으로 갔습니다. 그런데 현지에서 사건이 연이어 터집니다. 한 의원은 가이드를 마구 폭행합니다. 동행한 또 다른 의원은 가이드에게 여성 접대부를 불러달라고 요구했습니다.

예천군 망신을 넘어서 나라 망신이 되자 청와대 국민청원 게시판은 난리가 났습니다. 심지어 '지방의원 폐지 청원'까지 등장할 정도였죠. 망신살이 뻗친 예천군 주민들은 군의원 전원 사퇴를 요구했습니다. 사건은 물의를 일으킨 두 의원을 의원직에서 제명하는 정도로 끝났죠.

예천군의회 해외 연수 추태 사건을 계기로 의원들의 해외 연수 실태를 재점검해야 한다는 목소리가 여기저기서 터져 나왔습니다. 여론 조사에서 '지방의원의 해외 연수를 반대한다'는 설문에 70퍼센트가 넘는 사람이 찬성했죠. 정부도 부랴부랴 감시를 강화하겠다고 나섰습니다. 앞으로 공무원 해외 연수가 부당하다고 판단되면 비용을 모두 환수하는 규정도 마련하겠다고 약속했죠. 해외 연수에 관련한 계획서와 보고서를 각 지방의회 홈페이지에 공개하고 연수 결과는 본회의 등에 보고하게 하는 조치도 취하겠다고 했습니다.

'노는 돈'으로 '놀고먹는' 의원님들

거기서 끝입니다. 더는 별다른 움직임이 보이지 않습니다. 이유가 몇 가지 있습니다.

먼저 사건이 하나 터지면 우르르 몰려가서 물고 뜯는 냄비 근성이 한몫합니다. 사건이 막 터진 때에는 세상 큰일이 난 듯 비판하고, 청원 넣고, 고발해야 한다고 목소리를 높입니다. 정치권도 성난 여론을 의식해서 한마디씩 거들죠. 정부도 가만히 있기는 뭐하니까 이런저런 조치를 취하겠다고 말합니다. 시간이 지나면 잠잠해집니다. 의원들은 또 해외에 나가고, 누군가는 또 추태를 부립니다. 악순환인 거죠.

또 하나는 해외 연수를 가는 의원들이 보고하는 '내용'에는 모두 별 관심이 없다는 겁니다. 정말 견문을 넓히고

견학이 필요해서 연수를 가는 의원들도 있습니다. 그렇지만 사람들은 의원이 세금으로 연수를 가는 일 자체를 못마땅해 합니다. 가는 게 싫으니 뭘 하든 무조건 싫은 겁니다. 이슈가 터질 때만 반짝 관심을 두고, 보통 때는 지방의원들이 무슨 일을 하는지, 뭣 때문에 연수를 가는지 신경도 안 씁니다. 이러면 해법이 나오지 않습니다. 뭘 알아야 개선책도 내놓을 텐데, 지금은 대강의 방향조차 명확히 제시하지 못합니다.

해외 연수 예산을 편성하는 과정에도 문제가 있습니다. 의원들이 쓰는 해외 연수 비용은 그야말로 해외 여비로 구성돼 있습니다. 교육훈련비 같은 항목으로 지출돼야 하는데, 관행적으로 해외 여비만 내놓고 마는 겁니다. 자기들 처지에서는 '노는 돈'으로 '놀다가' 왔는데 '놀았다고' 뭐라 하는 격이 되는 거죠.

이름을 불러줄 때 비로소 내게 와 꽃이 됐다는 시구처럼, 돈도 '명목'을 줘야 제대로 구실을 할 수 있습니다. 놀라고 주지 말고 공부하고 오라고 돈을 주면 거기에 맞게 쓰고 오지 않을까요.

읽자, '복붙' 해외 연수 보고서

의원 해외 연수는 대수술을 해야 합니다. 의원 해외 연수비로 해마다 세금 수천 억 원이 낭비되고 있습니다. 시민 감시 시스템이 가동돼야 합니다. 해외 연수를 다녀온 의원들은 의무로 보고서를 내게 해서 무엇을 보고 느끼고 왔는지 꼼꼼히 알려야 합니다.

예산을 쓸 때 가장 중요한 기준은 '목적'입니다. 왜 돈을 써야 하고, 왜 그 돈이 꼭 필요한지를 오목조목 따져야 합니다. 견제 없는 권력은 부패하기 마련입니다. 의원들이 잘못했다고 입으로 욕하고 손으로 키보드 쳐봐야 크게 달라지지 않습니다. 잠깐 문제를 덮을 뿐입니다. 예산 빌런은 시민들이 나서서 처리해야죠.

이번 정차할 역은 '파산역'입니다

돈을 쓰려면 수요를 정확하게 예측해야 합니다. 한 달에 쓰는 카드값은 얼마나 되는지, 교통비는 얼마나 필요한지, 아플 때를 대비해서 얼마를 저축해야 하는지 등. 하나라도 잘못 예측하면 큰일이 나죠. 하물며 시민들이 내는 세금으로 꾸려가는 나라 살림이라면 더 정확하게 수요를 예측해야 합니다. 자칫 잘못 예측했다가는 천문학적인 숫자의 블랙홀을 경험하게 될 테니까요. 여기 바로 그런 사례가 있습니다.

6분의 1, 잘못된 수요 예측

의정부 경전철은 2012년 7월에 개통한 민자 경전철입니다. 의욕적으로 출발하지만 개통 뒤 4년 동안 500억 원 정도 운영 손실을 입었습니다. 수요 예측이 잘못된 탓이 큽니다. 애초 예상한 통행 수요는 운영 첫해 하루 이용객 8만 명이었습니다. 30년이 지나면 최고 15만 명까지 이용할 수 있다고 예측했죠.

뚜껑을 열어보니 딴판이었습니다. 하루 이용객은 고작 1만 명 정도에 그쳤죠. 수요 예측과 실제 이용객이 6배나 차이가 난 겁니다. 적자를 견디다 못한 의정부 경전철은 2017년 5월에 파산 신청을 합니다. 다른 민자 경전철은 어떨까요? 다들 비슷합니다.

경전철 같은 '장치 산업'은 많든 적든 기본 운영비 같은 고정비가 지출됩니다. 건물 짓고, 레일 깔고, 시설 정비하는 데 정해진 비용이 들어갑니다. 한번 공사를 시작하면 대규모 사업비가 들어가기 때문에 더 정확하게 수요를 예측해야 합니다.

이용객이 많으리라고 예상되면 결과를 투명하게 공개하고 사업을 진행하면 됩니다. 반대로 이용객이 없으리라

> **장치 산업** 대규모 장치를 설치해야만 정상적으로 생산 활동을 할 수 있는 산업. 석유 정제업, 화학 공업, 철강업, 자동차, 조선업 등이 포함된다.

고 예상되면 사업을 진행하면 안 되겠죠. 그런데 현실은 거꾸로 가고 있습니다.

의정부 경전철이 적자를 내고 파산하게 데는 일단 정부가 책임이 가장 큽니다. 적격성 검사를 제대로 하지 않고, 관련 법규가 없어서 엉뚱한 자료로 사업을 검증하고, 지도와 감독을 소홀히 했습니다. 이런 잘못은 다른 민자 경전철에도 반복됩니다. 용인 경전철이 그렇고, 김해 경전철도 그렇습니다. 용인 경전철은 실제 승객이 예측치의 21퍼센트였고, 김해 경전철은 15퍼센트였거든요.

숫자가 돈이 되는 통계 권력

경전철 수요 예측은 왜 하나같이 어긋날까요? 의정부 경전철 수요 예측은 한국교통연구원이 했습니다. 한국교통

연구원은 이 문제에 관해 아직도 어떤 해명도 안 하고 있죠. 최종 보고서 내용이 사라졌다거나 담당자가 사망했다고 하면서 말도 안 되는 변명을 합니다.

지자체는 책임이 없을까요? 아닙니다. 지자체도 수요 예측을 합니다. 대부분 핑크빛이라서 문제가 되죠. 자기들이 하려는 사업을 어떻게든 실행시키려고 실제 수요보다 부풀려 낙관적으로 전망합니다.

수요 예측은 누가 할까요? 이른바 '전문가'들입니다. 다들 전문가가 하는 말이라면 솔깃합니다. 어려운 용어를 써가며 현란한 논리를 펼치니 들어보면 그럴듯하죠. 그렇지만 그런 전문가들도 '갑'인 지자체가 주는 용역을 받고 일하는 '을'일 뿐입니다. '갑'이 내는 의견을 결과에 반영할 수밖에 없는 위치에 있는 겁니다.

예산 전쟁에서는 '통계가 권력'이라는 말이 흔히 쓰입니다. 숫자는 돈으로 환산되죠. 가장 큰 문제는 통계를 내는 자료를 수집하는 일부터 계산하는 일까지 무엇 하나 투명하지 않다는 겁니다. 투명하지 않으니까 이쪽 말이 맞는지 저쪽 말이 옳은지 도통 알 수가 없습니다. 상호 검증이 불가능한 상태인 거죠. 의정부 경전철만 봐도 수요 예측에 쓴 자료나 계산법 등을 시의회에 공개하지 않고 있습니다.

엉터리 예측, 겉핥기 검증, 땜질식 수습

엉터리 예측이 가져오는 부담은 고스란히 우리 몫이 됩니다. 민자 경전철 사업에 문제가 생기면 지자체는 민간 업체가 시설에 투입한 비용을 고스란히 물어줘야 합니다. 의정부시가 의정부 경전철 사업 투자자에게 줘야 할 돈은 1100억 원 정도입니다. 그 어마어마한 배상액이 모두 우리 세금에서 나옵니다.

예측도 엉터리이고 검증도 엉터리인 경전철 사업은 지금도 곳곳에서 추진 중입니다. 세금 잡아먹는 블랙홀이 될 수 있는데도 왜 자꾸 시도할까요. 경전철 개통을 간절히 기다리는 사람들 때문이죠. 땅값 상승을 바라는 주민, 건설업자와 개발업자, 지역 주민들 표를 의식하는 정치인.

나라 살림을 거덜낼 수 있는 빌런들을 우리는 가려내야 합니다. 그럴싸하게 부풀린 거짓 숫자로 장사하는 이들을 경계해야죠. 게임을 클리어하려면 아군과 적군을 가리는 일도 중요하지만, 함정으로 유인하는 사기꾼을 특히 조심해야 합니다.

WAR OF

Part6

나라 살림

흩트리는

미디어 빌런, 가짜 뉴스

하나를 낳아도 거지꼴을 못 면하는

사람들은 불멸을 원합니다. 진시황도 그랬죠. 그런 진시황도 결국 죽었습니다. 사람은 영원히 살 수 없으니 후손을 남깁니다. 종족 보존 본능으로 인류사는 이어져왔습니다. 그런데 요즘은 좀 다릅니다.

연애보다 취미 생활에 더 관심이 많은 '초식남', 연애 한 번 못한 '모솔'(모태 솔로) 등 달라진 세태를 반영하는 말들이 많습니다. 한국은 왜 '연애는 글쎄, 결혼은 미친 짓'인 나라가 됐을까요.

청년들의 팍팍한 삶과 떨어지는 출산율

인구 감소는 아주 급격하게 닥쳤습니다. 인구가 가장 많이 태어난 해는 1960년입니다. 이른바 '베이비 부머' 세대죠. 그해에만 109만 명이 태어났습니다. 10년이 지난 1971년에는 102만 명이 태어납니다. 드라마 〈응답하라 1988〉에 나오는 주인공들이 태어난 해가 바로 1971년이죠. 덕선이와 친구들도 이제 마흔 중반을 넘어서는 아줌마와 아저씨가 됐겠네요.

시간을 훌쩍 건너뛰어 2016년 출생자를 살펴볼까요. 이런, 40만 명입니다. 앞으로 점점 더 줄어든다고 하니 한국인 소멸론까지 등장할 만합니다. 정부와 지자체는 저출산 문제가 심각하다며 날마다 떠듭니다. 정부는 아이를 낳으면 여러 세제 혜택과 출산 장려금을 준다고 고육책을 내놓고 있죠. 지자체도 텅텅 비어가는 마을을 살리려고 공짜 집을 준다며 다른 지역 주민들을 유혹합니다.

시민들이 느끼는 불안은 정부와 지자체만큼 크지 않습니다. 저출산 문제를 '매우 심각하다'고 느끼는 비율은 고작 39퍼센트입니다. 젊은 세대일수록 수치가 낮습니다. 젊은 세대가 정부 정책에 딱히 무관심하거나 비협조적이어서 이런 상황이 벌어지지는 않습니다. 흩어진 개인들의 삶을 놓고 보면 저출산 문제가 그다지 심각하게 와닿지 않기 때문입니다.

지금 청년들의 삶은 팍팍합니다. 대학 입학부터 비싼 등록금에 시달립니다. 학자금 대출을 갚으려고 밤낮없이 알바를 합니다. 고시원 쪽방에 사는 청년들에게 연애하고 결혼할 여유는 없습니다.

신혼부부나 중년 부부의 삶도 고되기는 마찬가지입니다. 자고 나면 오르는 집값에, 사교육비에, 언제 잘릴지 모르는 불안정한 고용 탓에 아이 낳기를 꺼리게 됩니다. 아이를 낳고 기르는 행위는 그야말로 '고난의 행군'입니다. 미디어는 저출산 '현상'만 보도하고 저출산이 일어나는 '진짜 이유'는 소홀히 다룹니다.

복지는 비용일까 투자일까

예산 전쟁에서 풀어야 하는 영원한 과제는 어떤 지출이 '비용'인지 '투자'인지를 판단하는 겁니다. 저출산을 해결하려고 내놓는 복지 정책을 '비용'으로 보는 사람들은 정책의 비효율성을 이야기합니다. 돈 써봐야 별 효과가 없다는 거죠.

저출산 대책에 쓴 예산은 어느 정도일까요? 2006년에 처음 저출산 정책이 시작될 때 책정된 예산이 3조 원이었습니다. 해마다 꾸준히 늘어 지금까지 150조 원 정도가 집행됐죠. 이 숫자만 보면 정부가 저출산 문제에 엄청난 돈을 쏟아부은 듯합니다. 그렇지만 지난 10년 동안 정부와 지자체가 쓴 예산이 4000조 원이 넘는다는 점을 고려하면 그리 큰 액수가 아닙니다. 2017년에 정부가 저출산 분야에 편성한 예산은 25조 원입니다. 그중 30퍼센트는 저출산에 별 상관없는 사업에 쓰였습니다. 말로는 저출산이 심각한 문제이고 인구 감소로 나라가 뿌리째 흔들린다면서 호들갑 떨어대는 정부가 뭘 어떻게 해결하고 있다는 건지 알 수 없는 대목입니다.

정부는 또한 저출산 정책을 2006년부터 실행했다고 우깁니다. 1983년에 인구 감소를 보여주는 지표가 나타난 뒤 23년이 지나서야 대책을 세웠다니, 엄청난 직무유기 아닙니까. 더 웃기는 사실은 2003년까지 '산아 제한'을 내걸고 정관 수술을 지원한 점입니다. 정관 수술을 받으면 예비군 훈련도 면제해주는 당근을 내걸어서 많은 남성을 유혹했죠. 여성도 불임 시술인 난관 수술과 자궁 내 장치 시술을 받았습니다. 앞에서는 저출산 해결이 급하다고 부르짖으면서 뒤에서는 딴짓을 하고 있었으니, 정책 엇박자가 날 수밖에요.

성평등 사회에서 오르는 출산율

출산율 감소는 전세계적 추세입니다. 그런데도 출산율 반등에 성공한 나라들은 뭐가 다를까요? 사회 전체가 '성평등'합니다. 여성을 임신과 출산의 도구로 보는 시각으로는 저출산 문제를 해결할 수 없습니다. 정부와 지자체가 달라져야 하지만, 가장 먼저 가정 안에서 남성들의 시각이 바뀌어야 합니다. 여성들의 변화된 생각과 자아실현 의지, 성평등 욕구를 이해하고 인정해야 합니다.

'덮어놓고 낳다 보면 거지꼴을 못 면한다'는 산아 제한 포스터 문구가 떠오릅니다. 이제 사람들은 '하나를 낳아도 거지꼴을 못 면할 수 있다'고 생각합니다. 정책 만드는 이 들은 사람들 생각이 왜 이렇게 바뀌었는지 진지하게 귀기 울여 들어야 합니다.

정부는 샤일록이라는 거짓말

'국세 예상보다 많이 걷혀', '초과세수 사상 최대'라는 뉴스를 들어보셨나요? 지난 몇 년 동안 결산 시즌만 되면 어김없이 등장하는 달력식 보도입니다. 정부는 정말 세금을 많이 걷은 걸까요. 시민들은 먹고살기 힘들다고 아우성인데 정부만 우리들 주머니를 털어 배를 불린 걸까요. 이런 생각이 절로 들 정도로 미디어 보도는 자극적입니다. 그렇지만 분명히 잘못된 프레임입니다.

가짜 뉴스죠.

예측이 잘못되면 늘어나는 초과 세수

초과 세수는 미리 짠 예산보다 세금이 더 많이 걷힐 때 쓰는 말입니다. 일부러 정부가 세금을 더 걷은 게 아니죠. 예측을 적게 하면 똑같은 세금을 걷어도 초과 세수가 됩니다. 예측을 많이 하면 같은 금액이라도 모자라게 되죠.

'사상 최대'라는 표현이 거슬리네요. 왜 조그만 차이가 아니라 큰 폭의 초과 세수가 발생하는 걸까요. 반도체 경기 호조 같은 경제 환경에서 일어나는 예측하기 힘든 변화 등이 원인이 됩니다. 물론 그런 변수까지 감안하지 못한 정부가 예측에 실패한 탓도 크죠. 예측도 자꾸 실패하면 '무능'이 됩니다. 몇 년째 초과 세수가 지나치게 많이 발생한다면 정부가 돌리는 예측 시스템에 빨간불이 들어왔다는 뜻입니다.

정부의 예측 시스템이 엇나간 몇 가지 이유를 더 살펴볼까요. 지난 3년 동안 급여 총액은 13퍼센트 증가했습니다. 1억 원 넘는 고액 연봉자의 세액은 35퍼센트가 늘었죠. 당연히 세수가 증가합니다. 또 하나, 부동산 안정 정책이 있습니다. 부동산이 안정되리라고 생각하고 세입을 적게 예측하면 초과 세수가 그만큼 늘어납니다. 이렇게 예측이

> **세계 잉여금** 1년 동안 실제 수입된 금액에서 지출된 금액을 뺀 뒤 국고에 남는 출납 잔액. 다음해 세입에 이월된다.

자꾸 엇나가는데도 정부는 세입 추계를 작성하는 과정을 공개하지 않습니다. 세입 추계 모델을 공개해 정치적 조정 가능성을 없애고 검증 가능성을 높여야 하는데도 말이죠. 잘못된 결과를 비판하기보다는 예측 시스템을 먼저 공개해야 합니다. 2017년 국세 세입 예산 액수는 2016년 결산보다 오히려 0.3조 원 적은 수치였습니다. 중간에 시스템 점검을 할 시간이 충분히 있었는데도 보수적으로 산출하는 관행을 되풀이하고 있습니다. 경제 규모가 커지면 세수는 증가합니다. 규모가 커지면 시스템을 정비하고 변화를 모색해야 합니다.

초과 세수 보따리는 제때 풀어야

사람들은 주머니에 예상보다 많은 돈이 들어오면 기분이 좋아집니다. 한턱 쏜다고 하는 사람도 있죠. 정부도 비슷합니다. 들어온 초과 세수를 다 쓰겠다고 할 정도로 경기 부양책을 쏟아냅니다. 초과 세수 상황에서 나랏돈을 풀지 않으면 나라 경제 전반에 긴축적 상황이 생깁니다. 떨어진 경제 활력을 되살리려고 정부는 초과 세수 보따리를 풉니다.

재정 건전성도 중요합니다. 물 들어올 때 노 젓는다고 돈 들어올 때 아끼고 저축할 수도 있습니다. 그렇지만 쓸 때는 써야 합니다. 경제 전반을 살피는 종합적인 판단력이 필요한 거죠. 돈이 남아도니까 아껴야지, 나중에 써야지 했다가는 돈이 똥 됩니다. 정책은 타이밍이 중요하다고 했습니다. 타이밍을 놓치면 더 많은 돈을 쏟아부어도 돌이킬 수 없습니다. 저출산 문제가 대표적입니다. 저출산 기미가 스멀스멀 올라올 때 돈을 풀어야 했습니다. 그랬다면 지금처럼 암울한 사태는 벌어지지 않았을 겁니다.

필요하면 요구하고 요구하면 잘 들어야

늘어난 세수는 어디에 써야 좋을까요. 그 방향을 고민하는 일도 정부와 관료의 몫입니다. 시민들은 나라 살림 일꾼들이 방향을 잘 잡고 일하는지 의견을 내야 하고요. 일자리가 필요하면 일자리를 요구하고, 복지가 모자라면 어떤 복지가 필요하다고 요구해야 합니다. 가만히 앉아서 입만 벌리고 있으면 빈 숟가락도 들어오지 않습니다.

정부가 초과 세수를 잘 분배하려면 시민들 목소리를 잘 들어야 합니다. 경청만 잘해도 반은 먹고 들어갑니다. 지금 시민들이 진짜 무엇을 원하는지, 어디에 돈이 필요한지, 왜 필요한지 시민들 손을 꼭 잡고 들어야 합니다. 곳간 인심은 넉넉한 마음에서 나옵니다. 그 넉넉한 마음을 엉뚱한 데 쓰지 않기를 바랍니다.

기브 미 쪼코렛, 기브 어즈 오디에이

영화 〈국제시장〉을 보면 지프차를 탄 미군을 따라가며 소년이 외칩니다.

"기브 미 쪼코렛!"

미군은 웃으면서 초콜릿을 던지죠. 코흘리개 소년이 어엿한 상인으로 성장했듯이 한국전쟁을 겪은 한국도 어느덧 세계 경제를 이끄는 국가로 성장했습니다. 서울 곳곳에 솟아난 고층 빌딩, 자동차나 반도체 호황 말고도 한국의 경제 성장을 상징하는 단어가 있습니다. '공적 개발 원조 ODA'입니다.

'기브 미 쪼코렛'의 추억과 현실

한국은 해외에서 원조를 받다가 주는 나라로 바뀐 나라입니다. 세계에서 하나뿐인 사례죠. 오디에이는 나라 안이 아니라 나라 밖에서 펼쳐지는 돈의 분배입니다. 어떤 사람들은 말합니다.

"그 돈으로 남의 나라 도와줄 거면 차라리 우리 어려운 사람들을 돕지."

막상 빈곤층을 위해 그 돈을 쓰겠다고 하면 나서서 반대할 사람들입니다. 복지와 분배를 싫어하는 사람들에게는 돈의 쓰임새가 중요하지 않습니다. 그냥 돈 쓰는 게 싫을 뿐이죠.

아무튼 국제 사회에서 한국의 위상도 점점 높아지고 있습니다. 오디에이 예산이 차지하는 비중도 점점 커지고 있죠. 특히 반기문 유엔 사무총장이 배출되면서 크게 증가합니다. 2017년 오디에이 총지출 규모는 2조 4905억 원이었습니다. 개발도상국 대상 오디에이는 오이시디 회원국 중 15위로 올라섰죠.

'퍼주기'가 아니라 '오디에이'

북한 지원을 오디에이로 볼 수 있을까요? 같은 한민족이니까 국내 지원으로 봐야 하나요. 아니면 엄연한 분단 국가니까 국외 지원으로 봐야 하나요. 의견이 분분합니다. 대한민국 헌법상 북한은 독립된 국가가 아닙니다. 북한에 지원하는 원조는 지금까지 오디에이로 포함하지 않았죠. 북한은 일인당 국민소득이 1000달러 아래인 저소득 국가입니다. 대부분의 국제기구가 원조 대상국으로 분류하는 범주 안에 들어갑니다.

정부가 판문점 선언을 뒷받침한다며 2019년 예산에 북한 지원 금액 4712억 원을 편성했습니다. 야당은 '북한 퍼주기'라고 비판했죠. 김대중 정부 때부터 이어진 반대 논리입니다. 김대중 정부와 참여정부는 대북 지원이 한반도 긴장을 완화시켰고 쌀과 비료 같은 인도적 지원이라고 주장하면서 설득했습니다. 그런데도 '퍼주기론'은 동력을 유지했죠. 북한이 핵개발을 한 때문입니다.

지금도 북한 지원을 둘러싸고 시끄럽습니다. 그렇지만 북한을 지원할 수 있는 나라는 한국밖에 없습니다. 한국은 경제 규모로 따지면 북한의 50배입니다. 같은 한민족이라는 특수성 때문에 앞으로 있을지도 모를 통일에 대비도 해야 합니다. 경제 활력이 점점 떨어지는 상황을 돌파할 계기가 통일일 수도 있으니까요.

북한 지원이 불만스러운 사람들에게는 오디에이 차원에서 진행하는 원조라고 설득할 수도 있겠습니다. 식량과 의약품 등 인도적 지원과 경제 협력을 염두에 둔 틀에서 지원하는 방식이니까요. 남한과 북한을 잇는 철도 건설 같은 장치 산업은 남과 북에서 살아갈 미래 시민들을 위해서도 꼭 필요합니다.

지금 북한은 1년 수출액이 18억 달러 정도입니다. 우리 돈으로 2조 원 정도죠. 우리가 북한을 지원하고, 미국, 중국, 일본, 다른 국제기구까지 지원한다면 북한 경제가 도약하는 충분한 마중물이 될 수 있습니다.

우리는 사회 불평등을 해소하려고 고민합니다. 불평등을 해소하는 가장 쉬운 방법은 돈이죠. 그래서 기부 같은 부의 재분배가 필요합니다. 개인이 어려우면 기부를 통해 지원을 받을 수 있습니다. 나라가 어려우면 오디에이를 통해 지원을 받을 수 있어야 합니다.

오디에이, 나라 밖 돈 분배

적극적인 평화통일을 염두에 둔다면 당연히 대북 오디에이는 진행돼야 합니다. 인접국이기 전에 같은 민족이고 앞으로 더불어 살아가야 할 이웃이니까요. 거기에 경제적인 실리까지 추가된다면 더할 나위 없겠죠.

지원도 타이밍입니다. 필요할 때 지원하지 못하면 북한 경제가 살아나든 살아나지 못하든 원망의 대상만 될 뿐입니다. '우물쭈물 하다가는 내 그럴 줄 알았다'는 버나드 쇼의 말이 묘비에만 필요하지는 않을 겁니다.

우리의 소원은 '좋은' 통일

어릴 때 〈우리의 소원은 통일〉이라는 노래를 좋아했습니다. '이 정성 다해서 통일'이라니, 얼마나 간절하고 애틋합니까. 요즘 젊은이들은 통일을 향한 염원이 좀 덜한가 봅니다. 아무래도 피부로 잘 와닿지 않고 통일을 깊게 고민하지 않은 탓일 수 있겠습니다. 통일이 되면 어쩔 수 없이 빚어질 혼란 때문에 통일을 싫어하는 사람도 있겠죠. 그런 민심이 드러난 사건이 얼마 전에 있었습니다. 바로 평창 동계올림픽에서 말이죠.

'혐북 정서'와 통일쪽박론

한동안 전쟁의 공포가 엄습하던 한반도. 평창 동계올림픽이 열리면서 극적인 화해 무드가 조성됐습니다. 올림픽이 끝나면 남북 회담도 하자고 하고 북미 정상회담도 하자며 훈훈한 이야기들이 오고갔죠. 그러기 전에 사전 행사로 평창 동계올림픽에 참여하는 아이스하키 선수단을 남북 단일팀으로 구성하자는 제안이 나왔습니다. 정부와 관료들은 우리 국민들도 당연히 좋아하겠지 하고 생각했죠. 현실은 달랐습니다.

"왜 우리 아이스하키팀이 손해를 봐야 하죠."

"북한 선수에 밀려나는 한국 선수들이 불쌍합니다."

"지금까지 열심히 한 훈련은 누가 보상합니까."

싸늘한 반응 일색이었죠. 남북한 단일팀 구성 논란이 대통령 지지율까지 떨어트렸습니다.

단일팀 구성을 반대한 이들, 특히 젊은 세대는 왜 그토록 북한을 혐오했을까요. 단일팀을 구성하는 과정에서 고려되지 않은 공정성 문제가 가장 크기는 합니다. 그렇지만 분명히 알 수 있던 원인은 '혐북 정서'입니다.

전쟁을 겪지 않은 젊은 세대가 품은 혐북 정서에는 몇

가지 이유가 있습니다. 먼저 경제 양극화에 따른 보수화입니다. 20대와 30대에는 보수화된 사람들이 제법 많습니다. 진보는 오히려 40대와 50대에 더 많죠.

약속을 쉽게 저버리고 국제 정세를 불안하게 만드는 북한을 애초에 믿을 수 없다는 사람도 많습니다. 핵무기를 개발하느라 북한 주민이 굶어 죽든 말든 신경 안 쓰는 듯한 북한 지도부를 향한 반감도 꽤 있습니다. 이런저런 이유로 통일을 바라지 않는다는 여론은 지난 10년 동안 꾸준히 증가했죠.

무엇보다 가장 큰 이유는 '통일 비용'입니다. 박근혜 정부도 '통일은 대박'이라고 외쳤죠. 지금 세대들은 통일이 왜 필요한지, 통일 비용은 얼마나 필요한지, 그 돈은 언제 어떻게 쓰이는지 잘 모르기도 하고 관심도 없습니다. 그냥 이미지가 별로 좋지 않은 북한에 우리 세금으로 만든 예산을 쓴다니까 싫을 뿐이죠.

통일 비용 대 분단 비용

이런 정서가 커진 데는 언론의 프레임 씌우기가 한몫했습니다. 미디어가 이념적 잣대를 들이대면서 부채질하면 혐북 정서는 더욱더 퍼집니다. 처음에는 긴가민가하던 생각이 점점 굳어지면서 젊은 세대의 말과 행동이 남북 문제에 중요 변수로 떠올랐죠.

궁금해집니다. 통일을 하면 정말 우리만 손해일까? 가난한 북한에 돈을 퍼주면 우리도 같이 가난해지는 걸까? 차라리 통일하지 말고 지금처럼 따로 평화롭게 살아가는 쪽이 낫지 않나 하는 생각이 당연히 들 수 있습니다. 막막한 통일 비용은 또 어떻게 계산해야 할까요? 통일 비용을 정확히 따져보는 연구는 많지는 않아도 꾸준히 있었습니다. 전문가들은 사회적 관심사에 답을 내야 하는 사명을 지니니까요. 그렇지만 연구 자체가 어렵고 정치적인 고려도 해야 하기 때문에 쉽지는 않은 작업이죠.

2015년 12월에 나온 보고서 〈남북교류협력 수준에 따른 통일비용과 시사점〉이 가장 최근에 발표된 통일 비용 보고서입니다. 이 보고서에 따르면 지금 상태를 유지하면서 남북한 경제 협력이 중단될 때는 60여 년 동안 통일 비용이 4822조 원, 남한이 인도적 지원을 확대할 때는 3100조 원, 남북한이 서로 긴밀하게 경제 협력을 할 때는 2316조 원이 든다고 합니다. 남북한이 어떻게 협력하느냐에 따라 통일 비용이 크게 달라지네요.

통일은 비용만 들고 수익은 전혀 없을까요? 국회예산정책처가 낸 〈한반도 통일의 경제적 효과〉를 보면 2016년 기준으로 지디피는 1조 4000억 달러에서 5조 5000억 달러로, 일인당 지디피는 2만 9000달러에서 7만 9000달러로, 인구는 5000만 명에서 8000만 명으로 증가한다고 합니다. 확실한 수익이 보이네요.

통일 '비용' 대 미래 '투자'

몇 년 전 독일 대사가 통일 비용에 관해 말했습니다. "우리에게 통일 비용은 없다. 우리는 낙후 지역에 투자했을 뿐이다." 막연한 공포를 가질 필요는 없습니다. 재정 상태가 안 좋은 지방에 지원하면서 재정 걱정을 하지 않듯이 북한에도 전향적 자세를 지녀야 합니다. '비용'이 아니라 '투자'로 생각하면 더 빠르게 달라질 수 있습니다.

쌀 쌀 무슨 쌀

2018년 들어 쌀값이 크게 뛰었습니다. 정부는 천정부지로 오르는 쌀값을 잡으려고 재고 쌀을 푸는 등 적극적으로 대응했습니다. 그런데도 쌀값은 연일 고공 행진을 했죠. 이상한 소문이 돌기 시작했습니다. 쌀값 폭등은 문재인 정부의 대북 퍼주기 때문이라는 겁니다. 깜짝 놀란 청와대가 적극 나서서 해명했습니다. 정부가 한 해명과 사실 관계를 분석한 보도가 계속 나오는데도 괴소문은 좀처럼 사그라지지 않았죠.

《조선일보》도 인정한 쌀값 괴담

괴소문은 소셜 네트워크 서비스에서 크게 번졌습니다. '정부가 북한산 석탄과 쌀을 맞바꿨다', '북한에 쌀을 퍼주느라 정부 비축미 곳간이 텅텅 비었다' 같은 소문이 빠르게 퍼졌습니다. '유엔 등 국제기구를 통해 북한에 쌀이 들어가고 있고, 그 쌀이 정부미'라는 루머까지 돌았죠.

진보 언론은 물론 가장 보수적인 언론들도 팩트 체크에 나섰습니다. 《조선일보》가 한 보도가 특이했습니다. "쌀 지원을 위한 온갖 절차상의 문제를 빼더라도 쌀 1~2만 톤가량을 보내려면 수백 명의 인력이 투입돼 2개월을 꼬박 작업해야 한다. 몰래 북한에 보내는 것은 상상할 수 없다." 이런 농식품부 관계자가 한 말까지 인용하면서 떠도는 말들은 모두 괴담이라고 밝혔거든요.

정부는 1995년 15만 톤 규모로 쌀을 지원하기 시작했습니다. 그 뒤 2000년과 2002년부터 2007년까지 연간 10만~50만 톤을 북한에 보냈죠. 2010년에 5000톤을 보낸 뒤 북한에 쌀을 보낸 적은 없습니다. 정부 비축미 곳간이 비었다는 루머도 아무 근거가 없습니다. 쌀 재고는 160만 톤 정도 확보돼 있었으니까요.

괴담 진원지는 대규모 정부 수매

쌀값은 왜 올랐을까요? 이유는 간단합니다. 정부가 쌀을 많이 샀거든요. 12만 원까지 떨어진 쌀값을 잡으려고 해마다 수십만 톤을 사들였습니다. 그런데 효과가 없었죠. 할 수 없이 추수하기도 전인 9월에 37만 톤을 매입한다고 밝혔습니다. 작황에 상관없이 말이죠. 그러자 쌀값이 반등한 겁니다. 오르다 못해 급등하자 당황한 정부는 22만 톤을 시장에 풉니다. 이미 한 번 오른 쌀값을 잡는 데는 역부족이었죠. 쌀값을 조종하는 데 실패한 정부가 괴소문의 근원인 겁니다.

쌀값은 다른 식료품하고 다르게 목표 가격을 설정합니다. 농가 소득을 보장하려는 조치죠. 쌀값은 농업소득보전법에 따라서 5년 단위로 국회의 동의를 거쳐 확정합니다. 2005~2012년은 80킬로그램에 17만 83원, 2013~2017년은 18만 8000원이었죠. 지난 5년 동안 이 목표액을 따라잡지 못한 겁니다. 따라잡으려다가 때 아닌 괴소문에 휩싸인 거고요.

진짜 문제는 괴소문이 아닙니다. 굳이 쌀값 기준을 정부가 정해야 하느냐는 겁니다. 왜 쌀은 시장 논리에 따라

가격이 형성되지 않는 걸까요. 농가 소득 보전이라는 쟁점이 걸려 있기는 하죠. 그런데 그렇게 접근하면 다른 농산물이나 다른 산업에 견줘 형평성 논란이 불거집니다. 쌀은 늘 '과잉 생산'과 '재정 부담'이라는 고질적 문제를 안고 있습니다. 이제는 시장이 알아서 쌀값을 정할 수 있게 놔줘야 하지 않을까요.

쌀 쌀 무슨 쌀, 세금 먹는 우리 쌀

수입 농산물에 의존하느라 식량 자급률이 계속 떨어지는 상황에서 쌀값을 시장 논리에 맡기자는 생각은 자칫 위험할 수 있습니다. 쌀농사를 짓는 농민부터 반발할 겁니다. 그렇지만 생각을 달리할 때가 됐습니다. 사람들은 쌀을 점점 적게 먹는데 정부는 쌀에 지원을 몰아주고 있습니다. 식량 안보는 나빠지는 상황에서 세금만 더 들어가는 상황을 언제까지 유지해야 할까요.

쌀값 하나에 수조 원을 투입해도 농민들 삶이 나아지지 않는다면 정책의 목표와 방향을 근본적으로 재검토해야 합니다. 수십 년 동안 외국쌀을 해마다 41만 톤씩 수입하

> **추곡 수매 제도** 가을에 거둔 쌀의 수급을 조절해 농가 소득을 보장하고 가격을 안정시키려고 정부가 나서서 직접 벼를 사들이는 이중 곡가제.

면서도 쌀 개방을 안 하는 양 호도하는 정부, 그리고 달콤한 재정 지원 때문에 끌려가는 농업 관련 종사자들은 진지하게 방향 전환을 고려해야 합니다.

소방 어벤저스도 못 뚫는 예산 칸막이

강원도에 또 불이 났습니다. 고성과 속초, 인제에서 시작한 불이 동해시까지 번진 초대형 산불이었죠. 하필 식목일을 사이에 두고 난 산불에 전국의 소방대원들이 긴급 출동합니다. 마치 전장에 출군하는 듯한 일사불란하고도 용맹한 모습에 시민들은 '소방 어벤저스'라며 응원을 아끼지 않았습니다. 다행히 밤샘 진화 덕에 불은 금세 잡혔습니다. 곧바로 산불 원인을 밝히는 조사가 시작됐죠.

큰불이 날 때마다 또 다른 논란이 불거집니다. 소방 예산이죠. 우리 시대의 영웅들이 나쁜 환경에서 푸대접을 받는 현실이 조명되면서 소방 예산이 모자라다는 비판이 쏟아집니다. 많은 사람들이 걱정하듯이 정말 소방 예산은 모자란 걸까요.

미집행률 20퍼센트, 돈 흐름 막는 예산 칸막이

지난날에는 소방 예산이 모자랐다는 말이 사실이기는 합니다. 김문수 전 경기도지사가 예산을 이유로 소방관 특근 수당을 지급하지 않아서 소송전이 벌어지기도 했죠. 그 뒤로 '소방안전 교부세'를 만들어 지자체에 소방 투자 재원을 지원했습니다.

소방안전 교부세를 만드는 재원은 '담배'입니다. 불을 끄는 데 쓰는 세금을 불을 피우는 세금으로 충당한다니 정말 재미있네요. 아무튼 담배 소비세의 20퍼센트가 소방 예산으로 지원됩니다. 해마다 4000억 원 정도죠. 지방은 담배에서 나오는 세금과 그 밖의 일반 재원을 합해 소방 안전 특별회계를 운영하고 있죠. 언뜻 소방 예산은 모자라 보이지 않습니다.

돈이 아니라 '칸막이'가 문제입니다. 어떤 사람들은 중앙 정부가 소방 헬기 같은 소방 장비에 지원을 하지 않는다고 주장합니다. 사실은 좀 다르죠. 오히려 미집행 예산이 꽤 많습니다. 산이 많은 강원도도 미집행률이 20퍼센트나 됩니다. 돈이 없어 못 쓴다기보다는 실행력이 떨어져 안 쓰는 거죠.

강원도는 2017년 소방안전 특별회계 지출액이 1000억 원입니다. 전체 예산 1263억 원의 80퍼센트 수준입니다. 나머지 20퍼센트는 미처 사용하지 못한 미집행 예산이죠. 행정 업무를 하다 보면 주어진 돈도 다 쓰지 못하는 사정이 생기기 마련입니다. 그렇지만 20퍼센트나 되는 막대한 예산을 쓰지 못하고 다음해로 이월하는 상황은 확실히 문제가 있죠.

미집행 예산을 빼고도 강원도에는 재난관리기금과 재해구호기금으로 200억 원 정도 되는 예산이 쌓여 있습니다. 규정상 사용 범위가 너무 제한된 탓에 함부로 못 쓰는 거죠. 지진이나 홍수가 난 때 개인이나 기업이 앞다퉈 기부를 해도 구호 당사자에게 전달되려면 많은 절차를 거쳐야 합니다. 재난에 대비하라고 만든 법이 정작 재난 구호를 늦추는 꼴입니다.

> **소방안전 교부세** 원인자 부담 원칙을 적용해 화재를 일으키는 주된 원인인 흡연자(담배)에게 세금을 물린다.

재난 구조 가로막는 예산 칸막이 걷어내야

현행법에 따르면 재난관리기금은 예방 차원에만 쓸 수 있고, 재해구호기금은 임시 주거 시설 등 임시적 구호에만 지원할 수 있습니다. 지진 때문에 집이 부서져도 재해구호기금을 쓸 수 없다는 이야기죠. 이리 걸리고 저리 걸리니 쌓이는 돈을 제대로 쓰지 못합니다. 관행이 재난 구호를 방해할 때는 '칸막이'를 과감히 치워야 합니다. 위기에 놓인 사람을 구하려고 마련한 돈이라면 좀더 잘 쓸 수 있게 법을 바꿔야죠.

재난이 일어나면 매뉴얼도 지켜야 하지만 융통성이 더 중요할 때도 있습니다. 혈관이 막히는 '동맥 경화'처럼 돈이 막히는 '돈맥 경화'에 걸리면 나라 살림은 산불보다 더 무서운 합병증에 걸릴 수 있습니다. 어느 혈관에서 막힌 예산, 간단한 시술이든 큰 수술이든 우리가 나서서 뚫어야 하지 않을까요.

추경, 추가 낭비 예산

문재인 정부가 출범한 뒤 몇 달에 걸친 지루한 줄다리기 끝에 1차 추경안이 국회를 통과합니다. 전체 예산에서 아주 일부인 공무원 증원 비용 때문이었죠. 미디어는 공무원 증원을 두고 아옹다옹하는 모습을 보여줍니다.

정작 문제는 다른 곳에 있었습니다. 이번 추경에서 공무원 증원에 할당된 예산은 고작 80억 원이었습니다. 엘이디LED 교체 사업도 들어 있었죠. 얼마였을까요. 2000억 원입니다. 공무원 채용 예산의 20배가 훨씬 넘는 금액인데도 별문제 없이 국회를 통과합니다.

엘이디, 뭣이 중헌디!

엘이디 교체 예산은 왜 문제가 될까요? 액수가 커서 그럴까요? 아닙니다. 액수가 아니라 항목이 걸립니다. 추경 예산은 발등에 불이 떨어질 정도로 급한 항목을 편성해야 합니다. 천재지변이나 급격한 경제 변화 등 본예산을 짤 때 예상하지 못한 변화를 반영하려는 예산이죠. 엘이디 교체 사업은 본예산에 들어가야 합니다. 추경으로 편성할 항목이 아니죠.

2000억 원이나 되는 어마어마한 예산을 추경에 넣으면서 구체적인 분석 보고 하나 없었습니다. 당장 각 부처별 엘이디 설치비부터 제각각이었습니다. 엘이디 설치비 단가가 가장 높은 곳은 법무부 교정 기관으로, 33만 원이었습니다. 무슨 샹들리에를 달지도 않을 텐데 엄청 비싸네요. 환경부는 9만 원이었습니다. 부처마다 전혀 다른 제품을 설치하지는 않을 텐데, 차이가 무척 크죠.

이런 가격 차이가 생긴 이유는 제대로 알 수 없었습니다. 33만 원이라는 돈이 순수하게 엘이디 설치비만으로 쓰인다면 가격 책정의 합리성이 떨어지는 일입니다. 전기 공사를 병행하려고 인건비나 자재비를 슬쩍 끼워 넣은 가격이라면 예산 편성 기준을 어긴 셈이 되죠. 거두절미하고 엘이디 사업이 추경으로 들어온 사실 자체가 큰 문제고요.

석면도 엘이디도 추경에는 안 맞아

일자리를 안정시키고 민생을 살피는 데 써야 할 추경이 '엘이디 추경'으로 둔갑한 현실은 선뜻 이해가 되지 않습니다. 이번 추경에서 눈여겨봐야 할 예산 항목이 하나 더 있습니다. '석면 제거' 예산이죠. 석면이 우리 몸에 아주 해롭다는 사실은 잘 아실 겁니다. 교육부는 석면 제거 예산으로 100억 원을 편성했습니다. 교육부가 기재부에 낸 예산안 설명 자료를 살펴볼까요. '학교시설 안전 확보를 위해 국민들의 석면 제거 요구가 증대되고 있다. …… 엘이디 조명 교체 시 기존의 노후 석면 천장재가 파손될 수 있어 석면을 제거할 필요가 있다.'

엘이디 교체 사업에 따라가는 보조 사업으로 석면 제거 예산을 신청한 격이네요. 예산 집행의 시급성만 보면 엘이디보다는 석면이 맞습니다. 시민들의 건강에 더 문제가 되기 때문이죠. 그렇지만 석면도 그렇고 엘이디도 그렇고 추경에 어울리는 예산이 아닙니다. 아무래도 '무엇이 중헌디'를 모르는 추경 같죠.

추경, 추가로 낭비하는 예산

이런 추경은 '급조됐다'는 인상을 지우기 어렵습니다. 무리하게 주먹구구식으로 짜맞춘 예산은 돈은 돈대로 나가고 효과는 적을 수밖에 없습니다. 추경이 '추가로 낭비하는 예산'이 되지 않으려면 제대로 계획하고 실행하는 습관을 들여야 합니다. 이런저런 핑계를 대며 선심 쓰듯 나라 살림을 하면 부담은 결국 시민들에게 돌아오겠죠.

마지막 에피소드. 엘이디 설치비를 확인하려고 업체에 전화를 걸었습니다. 돌아온 대답은 이랬습니다.

"공공입니까? 똑같은 일도 일반보다 가격이 높아요."

제가 마치 공공의 적이 된 듯 부끄러웠습니다. 정말 무 엇이 중헌디!

WAR
OF
MONEY

에필로그   나라 살림

잘 알아야

경제가 보입니다

"돈 흐름이야 뭐 뻔하지." "대한민국 경제는 말이야."

이런 말을 시작으로 '썰'을 푸는 사람이 종종 있습니다. 심지어 자기 생각만 옳다고 고집부리는 이도 많죠. 꼰대 등장입니다. '나만 최고'라는 꼰대 마인드는 나이든 사람들 전유물이 아닙니다. 젊은 세대에도 많죠. 세상의 원리를 정확히 안다고 자부하는 태도는 오만합니다. '나만 알고 너는 몰라'식 논리로 어떤 문제에 접근하는 사람은 전문가가 아닙니다. 사기꾼일 가능성이 높죠.

파이에 꼬이는 파리들

해마다 500조 원이 넘는 정부 예산과 공기업 지출을 모두 더하면 공공 지출은 지디피의 절반을 훌쩍 넘습니다. 어마어마한 살림살이를 쥐락펴락하는 플레이어들은 국회의원, 관료, 지자체, 미디어입니다. 경제 좀 안다고 자부하는 이들이죠. 이런 사람들이 공공 재정, 곧 나라 살림의 기본을 이해하지 못하고 있다면 문제가 정말 심각하죠. 배가 산으로 가다 못해 우주로 가버릴 수도 있으니까요.

사람들은 돈을 좋아합니다. 돈 싫어하는 사람이 있을

까요. 어떻게 돈을 잘 벌까 고민하고, 무슨 수로 돈을 아낄까 궁리합니다. 한 가정을 이끄는 가장도 고민하고, 용돈 받는 학생도 고민하죠. 달마다 들어오는 돈이 적고 일정하면 살림 규모를 짜기가 쉽습니다. 한 달에 300만 원을 급여로 받는 직장인은 관리비 얼마, 월세 얼마, 식료품비 얼마, 여가비 얼마를 써야 할지 잘 압니다. 돈 주인 행세를 톡톡히 하는 거죠.

돈의 규모가 아주 커지면 이야기가 달라집니다. 100억, 1000억, 1조, 100조……. 이쯤 되면 돈이라는 개념이 막연해집니다. 사람들 심리가 참 이상하죠? 돈이 적으면 벌벌 떠는데 돈이 많으면 '그깟 돈'이 됩니다. 돈이 많아질수록 돈의 가치가 떨어지는 거죠. 규모가 작은 한 가정의 한 달 예산은 꼼꼼히 살피면서 나라 살림에 관련된 예산은 '그까이꺼 대충'이 됩니다. 돈 주인 행세를 해야 할 책무를 스스로 저버리는 겁니다.

나라 살림을 잘 꾸려야 한다는 말에는 많은 사람이 동의합니다. 재정 지출을 어떻게 하느냐에 따라 국가의 미래가 좌우된다는 사실쯤은 초등학생도 알죠. 알기는 아는데, 내 일은 아닌 듯합니다. 나라 살림은 규모가 워낙 커서 이런 생각이 막연하고 추상적인 기대에 그칠 때가 많습니다. 그러다 보니 예산 씀씀이에 문제가 생겨도 잘못을 바꾸려는 노력이 무력해집니다. 이정표를 찾다가 안개가 끼면 그대로 포기하고 주저앉는 거죠.

정말 희한한 일은 그 뿌연 안개 속에서도 달콤한 냄새는 기똥차게 맡는다는 겁니다. '이익'이라는 달콤한 파이가 나오면 철 지난 이념까지 들먹이며 어떻게든 제 몫을 차지하려고 치열하게 싸웁니다. 국회나 관료, 지자체가 '민생'을 핑계 대며 더 많은 예산을 따내려 혈안이 되는 모습, 자주 보잖아요.

예산 기득권과 기울어진 운동장

지진을 겪은 적 있나요? 땅이 울리고 건물과 물건이 흔들리면 꽤 무섭습니다. 발 딛고 선 땅이 기울기까지 하면 어떨까요. 그야말로 후덜덜하죠. 그런 후덜덜한 판이 한국에도 있습니다. 바로 예산 전쟁의 판입니다.

한국은 재정 지출을 대부분 경제 부분에 집중하는 '개발 연대' 구조에 맞추고 있습니다. 개발 연대란 박정희 정부 시절에 실시한 경제 개발 정책하고 같은 말입니다. 가

난한 나라를 일으키려고 무조건 경제 성장에 집중한 정책이죠. 경제에 편중된 정책 때문에 다른 분야는 더딘 발전, 또는 후퇴를 겪었습니다. 정치, 복지, 사회 구조 개혁 등이 그렇습니다. 정권이 여러 번 바뀌고 몇 십 년이 흘렀는데도 이 개발 연대 구조는 아직 유지되고 있습니다.

다른 정책은 경험한 적 없는 정부, 변화를 싫어하는 관료, 이런 상황을 묵인하는 국민, 이 3박자가 어우러졌죠. 정책을 바라보는 인식이 수십 년 제자리에 머물러 있는 동안 한국 경제는 빠르게 발전했습니다. 재정 규모는 오이시디 국가들의 2분의 1을 따라잡았죠. 재정 지출에서 경제 분야 투자는 이 국가들의 4배에 이르고 있습니다. 복지 지출은 3분의 1 수준에 지나지 않지만요.

얼마 안 되는 복지 지출도 판이 심각하게 기울어져 있습니다. 국가가 값싼 보증금과 임대료를 지원하는 공공 임대주택 사업이 시작되면서 주거 복지는 그나마 상황이 나아졌죠. 건강 보험 같은 의료 시스템은 여전히 복지 지출 항목에서 빠져 있습니다. 달마다 내야 하는 건강보험료를 일정 기간 못 내면 의료보험 서비스를 받을 수 없죠. 수익자 부담 원칙이 철저히 지켜지고 있는 겁니다.

세금으로 집행되는 복지는 오이시디 국가 중 최저 수준

입니다. 더 올려야 할 복지 예산이 2016년에는 오히려 줄어들기도 했죠. '최순실 국정 농단 사태'를 불러일으킨 박근혜 정부조차 편향된 재정 지출 구조를 개혁해야 한다고 주장했습니다. 간단하게 '증세'를 해서 재정 규모를 늘리는 식은 문제를 해결할 수 없습니다. 부작용만 뒤따르죠. 국가 재정 덕에 연명하는 한계 기업이나 좀비 기업이 그런 사례입니다. 농업 등 이른바 '사양 산업' 문제도 복지 같은 공공성의 시각이 아니라 개발 연대의 산업 논리로 접근하고 있고요.

나랏돈 갉아먹는 숙주 세력, 곧 '예산 기득권'은 변화를 싫어합니다. 먹기 좋고 놀기 좋은 집을 이미 차지했는데 굳이 이사 갈 필요가 없겠죠. 나라 살림 재정을 개혁하려면 예산 기득권인 국회, 관료, 지자체를 개혁해야 합니다. 집 망치는 벌레는 약을 뿌려 없애야 합니다. '쪽지 예산'에서 시작된 '카톡 예산', '선심성 정책 예산', '채무 제로 꼼수'는 모두 사라져야 할 구태입니다. 우리들의 한쪽 눈을 가리는 이런 예산 정책들은 낙수 효과도 전혀 없습니다. 시민들에게 혜택이 오기 전에 숙주가 영양분을 모두 흡수하기 때문이죠.

바꾸자, 예산 전쟁의 판

재정 개혁은 한국 사회에서 '혁명'입니다. 혁명은 긴 고통의 시간과 인내가 필요하죠. 동력이 떨어진 기득권이 스스로 문제를 깨닫고 해결을 주도하기를 기대하기는 어렵습니다. 배부르고 등 따스운데 자리 털고 일어날 리 없겠죠.

예산 전쟁은 각 판마다 버티고 선 기득권 세력을 퇴치해야 하는 게임입니다. 플레이어(시민)가 게임에 뛰어들어 빌런(기득권)을 없애야 합니다. 자기도 모르게 빌런에게 동화돼 임무를 망각하는 플레이어도 있죠. 그럴 때는 망각을 깨우는 노력을 해야 합니다. 체력이 다한 게임 플레이어는 약을 먹고 회복하거나 열심히 힘을 키워 다시 본게임에 뛰어들죠. 시민들도 싸움의 근육을 단련해야 합니다. 막강한 빌런에 맞설 수 있는 힘을 키워야죠. 거짓 정보로 게임의 본질을 흐리는 미디어를 걸러낼 줄 아는 안목도 길러야 하고요.

여전히 '그들만의 리그'로 예산 전쟁은 진행되고 있습니다. 대부분의 국민은 게임을 관전하는 데 그칩니다. 어떤 시민은 지켜보는 일조차 귀찮아합니다. '그들만의 리그'가 '우리들의 리그'가 되려면 시스템을 바꿔야 합니다.

시스템을 바꾸려면 구체적인 개혁 로드맵을 짜야 합니다. 낡은 지도는 버리고 새 지도를 든 채 게임판에 뛰어들어야 합니다. 한쪽 발만 담그고 있어도 안 됩니다. 필요한 장비로 무장하고 온몸을 던져 달려들어야 막강한 빌런들에 대적할 수 있겠죠. 참여해야 승리할 수 있습니다.

사람들이 자기 이익을 추구하는 합리적인 선택을 하기 때문에 우리 사는 세상이 혼란스러운 게 아닙니다. 자기 이익이 뭔지도 몰라서 도리어 이익에 반대되는 프레임을 맹목적으로 추종하기 때문입니다.

이제 예산 전쟁의 판이 어떤지 어느 정도 아셨겠죠. 내가 퇴치해야 할 빌런인지, 고스킬을 가진 플레이어인지, 이제 막 게임판에 뛰어든 신입인지도 확인하셨을 겁니다.

주저하는 자에게 미래는 없습니다. 개혁을 거부하는 나라에게도 미래는 없겠죠. 우리가 발 딛고 선 이 땅, 이 판을 바꾸려면 지금 당장 움직여야 합니다. 여러분! 이 싸움에서 승리합시다. 건투를 빌겠습니다.